Jan der Faulpelz

Jürgen Lange

Jan der Faulpelz

Erkenntnisse eines Lebenskünstlers

Novelle

Impressum

Bibliografische Information der Deutschen Nationalbibliothek:
Die Deutsche Nationalbibliothek verzeichnet diese Publikation in
der Deutschen Nationalbibliografie; detaillierte bibliografische
Daten sind im Internet über http://dnb.dnb.de abrufbar.

Text: © 2021 Jürgen Lange

Illustrationen: © 2021 Vicente Lapiedra
            bkcorreoilustrado@gmail.com

Herstellung und Verlag: BoD – Books on Demand, Norderstedt

ISBN: 9783753416670

Meinem Bruder Jan,
für all die langen Gespräche,
die uns zu dem gemacht haben,
was wir heute sind.

Es war heiß. Rauch lag in der Luft. Die Glut breitete sich aus und, wie es aussah, konnte nichts und niemand das Feuer stoppen. Unersättlich fraß es sich durch alles, was sich ihm in den Weg stellte, und verwandelte es in graue Asche. Mal loderten die Flammen hell auf, mal wurden sie gebremst und kamen fast zum Stillstand. Doch gerade, wenn es schien, als ob das Feuer erloschen sei, ging es an einer anderen Stelle weiter. Unaufhaltsam bahnten sich die Flammen ihren zerstörerischen Weg.

Urplötzlich veränderte das Papier seine Farbe, ohne dass jeman vorhersagen konnte, an welcher Stelle dies als nächstes geschehen würde. Zuerst wurde es gelblich und dann immer dunkler. Sobald das Papier Feuer fing, veränderten sich seine Farbe, Form und Struktur: Aus dem glatten, makellosen Weiß wurde in Bruchteilen einer Sekunde eine unförmige Masse verschiedener Grauschattierungen.

Der Rauch stieg schnell und gerade nach oben. Aber schon nach einer kurzen Strecke des Weges wurde der Aufwärtsdrang der Rauchpartikel abrupt gebremst. Als ob sie plötzlich daran zweifelten, welches der kürzeste Weg in den Himmel sei, verteilten sie sich gleichzeitig auf verschiedene Haupt- und Nebenrouten. Was sie an senkrechter Fahrt verloren, gewannen sie an horizontalem Drehmoment. Aus einer geraden wurden mehrere geschwungene Linien, um unmittelbar danach zunächst Verwirbelungen zu bilden und sich dann in Luft aufzulösen.

Je weiter sich die Glut durch den Tabak voran fraß, desto höher stieg der Aschenturm an der Spitze der Zigarette. Kein Architekt wäre in der Lage, derart gegen die Gesetze der Schwerkraft zu bauen. Der gesamte Vorgang verlief wie das Leben selbst: unvorhersehbar, ungebremst und unumkehrbar.

Mittwoch, der 12. Mai, 11 Uhr 20, Wolke Sieben

Jan saß regungslos auf einer Bank im Stadtpark. Sonnenstrahlen hüllten ihn in eine wohlige Wärme und machten ihn etwas schläfrig. Die rechte Hand ruhte auf auf dem Oberschenkel, der linke Arm auf der Rücklehne der Bank. Eine Zigarette steckte zwischen seinem Zeige- und Mittelfinger. Den Kopf in den Nacken gelegt und mit geschlossenen Augen genoss er das Jetzt und Hier. Außer Vogelgezwitscher nahm er kaum etwas wahr.

In einiger Entfernung schlugen Absätze rhythmisch mit harten, trockenen Schlägen in den Asphalt; erst kaum hörbar, leise, dann immer lauter, immer störender. Noch weiter weg waren ein paar Autos zu hören. Eine Gruppe Spatzen wagte sich bis an seine Füße heran und verlangte Futter. Aber hier war nichts zu holen, so gaben sie schließlich auf. Erst jetzt konnte Jan auch einige spielende Kinder und einen Hund im Park wahrnehmen.

Der Gegenpol zu diesem stillen Glück hieß Erna Schulte, die wie ein grollendes Gewitter auf das hier beschriebene Stillleben zukam. Erna war der Prototyp einer notorisch unzufriedenen, einsamen Person, die aus nichts wirkliche Befriedigung schöpfen konnte. Sie war allein und ungeliebt. Ihre Lebensaufgabe bestand darin, andere für ihre eigene Unzufriedenheit verantwortlich zu machen. Für diese Aktivität konnte diese zierliche Person ungeahnte Energien freisetzen. Ständig diskutierte sie im Treppenhaus und beschwerte sich lautstark vor, während und nach dem Gottesdienst.

Der Ausdruck von Zufriedenheit in Jans Gesicht löste eine magische Anziehungskraft auf Erna Schulte aus. Wie magnetisiert strebte sie auf ihren Gegenpol zu. Die Ruhe, die er ausstrahlte, verursachte in Frau Schulte genau die gegenteilige Reaktion. Das konnte sie nicht ertragen und musste ihrer Wut Luft machen, wenn sie nicht platzen wollte. In Sekundenschnelle verwandelte sich die graue Maus in ein brutales Urzeitmonster, welches, wie bei Monstern so üblich, mit dem Maul angriff.

„He, du Schmarotzer! Wohl nichts zu tun, ha?"

„Nein, Frau Schulte."

„Kannst wohl nur rumsitzen und faulenzen, oder was?

„Richtig. Das sehen Sie doch."

„Kannst du nicht arbeiten, wie alle ordentlichen Leute?"

„Ja, klar. Aber über wen könnten Sie sich dann beschweren?"

„Auch noch frech werden! Das ist ja wohl die Höhe! Du willst doch gar nicht arbeiten. Du liegst nur anderen Leuten auf der Tasche. Schmarotzer, Faulpelz!"

„Nein, nein, das stimmt nicht. Niemand gibt mir Geld, ohne dass ich dafür arbeiten müsste. Oder möchten Sie mich vielleicht unterstützen?"

Das wollte Frau Schulte nicht oder vielleicht konnte sie es auch nicht. Jedenfalls tat sie es nicht, und damit war die Diskussion überraschend schnell beendet. Während Frau Schulte weiterging, hörte Jan noch einzelne Wörter wie *„stinkfaul", „arbeitsscheu"* und *„asozial"*. Jedes für sich ein schlagender Beweis dafür, dass die Welt sowohl für Frau Schulte als auch für Jan den Faulpelz in Ordnung war. Es war ein schöner Tag.

Der Faulpelz

Eigentlich ist die Bezeichnung *Faulpelz* ein Schimpfwort für eine faule Person. Jemand, der nicht arbeiten will, obwohl er es könnte, ist ein Faulpelz, eben faul, das Gegenteil von fleißig. Im Wörterbuch könnte unter dem Eintrag *Faulpelz* etwa das Folgende zu finden sein:

F_aulpelz, der <Faulpelzes, Faulpelze> ist eine umgangssprachlich abwertend gemeinte, harmlose Bezeichnung für eine Person, die träge ist und keine Lust zu arbeiten hat.

Wenn es dagegen nach dem Protagonisten dieser Geschichte geht, dann ist dies nur die halbe Wahrheit. Sicherlich hat der Begriff *Faulpelz* normalerweise eine eher negative Bedeutung. Jan jedoch war der festen Überzeugung, dass damit nur ein Teilaspekt dieses Ausdrucks zutreffend beschrieben wird. Er empfand *Faulpelz* nicht als Beleidigung, sondern als Beschreibung seiner Lebenseinstellung. Nach seiner Auffassung kam in dem Wort *Faulpelz* nicht nur die Verachtung der Mehrheit gegenüber einem ihrer Meinung nach unnützen Mitglied der Gesellschaft zum Ausdruck, sondern auch der Neid und die Angst der biederen Bürger. Genau wie Erna Schulte entwickelten sie Neid, weil sie es entweder nie gelernt hatten oder weil sie nie den Mut aufgebracht hatten, ein Faulpelz zu sein. Gleichzeitig verunsicherte sie Jans Anblick, denn die Existenz einer alternativen Lebensphilosophie stellt ja automatisch die eigene Ansicht in Frage. Der Prozess des Aufeinandertreffens zweier antagonistischer Weltanschauungen lief im Falle von Erna Schulte vermutlich unbewusst ab. Erna reflektierte nicht, sie agierte und zwar aggressiv.

Der unbedarfte Leser könnte nun argumentieren, dass Jan sich die Nachbarin mal vorknöpfen sollte, ihr die Sache mit dem Arbeiten mal richtig erklären sollte, auf Toleranz, Verständnis und Einsicht ihrerseits hoffen sollte, damit sie nachher in Frieden miteinander oder wenigstens doch nebeneinander leben könnten. So oder ähnlich könnte der unbedarfte Leser argumentieren, weil er Erna Schulte nicht kennt. Denn nichts liegt der Realität ferner als der Glaube, man könnte Erna Schulte in ihren Ansichten verändern, und nichts liegt Erna Schulte ferner als Toleranz, Verständnis und Einsicht.

Der Umstand, dass Erna mit ihren Ansichten in der Bahnhofstraße keineswegs alleine stand, führte Jan wiederum zur Entwicklung einer Strategie, um mit den Sticheleien seiner Mitmenschen umgehen zu können. Er nannte es „social suvivaltraining", was etwa so viel heißt wie Überleben in der Gesellschaft und darin bestand, mit dem geringstmöglichen Aufwand an Energie und dem größtmöglichen Ertrag an guter Laune die alltäglichen Peinlichkeiten seiner Mitmenschen zu überstehen. Ja, das Leben ist eine Tour de France: Jeden Tag gibt es eine neue Etappe, wobei Jan das Zeitfahren regelmäßig ausfallen ließ und eine Begegnung mit

Erna Schulte beim besten Willen nicht mehr als eine Bergetappe der dritten Kategorie darstellte.

Wenn ihn jemand faul nannte, und das passierte öfter, dann grüßte Jan immer freundlich zurück. Die meisten Leute waren von seiner Freundlichkeit so überrascht, dass sie seine Faulheit gar nicht weiter thematisieren wollten. Wenn diese Strategie einmal nicht funktionierte und jemand unbedingt eine Diskussion über das Thema „Arbeiten" - oder besser gesagt „Nichtarbeiten" - führen wollte, dann war er bei Jan an der richtigen Adresse. In der ganzen Bahnhofstraße, und die Bahnhofstraße ist eine der längsten Straßen der Stadt, gab es niemanden, der sich für dieses Thema so begeistern konnte wie Jan. Er war der Experte schlechthin für das Thema „Faulheit" / „Arbeit" in all seinen Variationen.

Und dieses besondere Interesse an Faulheit hatte seinen Grund: Für Jan war Arbeit nicht irgendein Thema, sondern *das* Thema. Das ist so ähnlich wie im Falle des radikalen Christen, der überall nur Gottes Werk sieht, oder des Alkoholikers, der nur ans Bier denkt und Panik bekommt, wenn er keins mehr hat. Man könnte nun erwarten, dass seine eigene Arbeitslosigkeit zu Jans Anschauung einen Widerspruch darstelle. Tut sie aber nicht. Doch um dies aufzuklären, müssen wir etwas weiter ausholen.

Das Recht auf Arbeit

Artikel 24 der deutschen Verfassung besagt, dass jeder Bürger das Recht auf Arbeit hat. Er hat das Recht auf einen Arbeitsplatz und dessen freie Wahl entsprechend den gesellschaftlichen Erfordernissen und der persönlichen Qualifikation. Er hat das Recht auf Lohn nach Qualität und Quantität der Arbeit. Mann und Frau, Erwachsene und Jugendliche haben das Recht auf gleichen Lohn bei gleicher Arbeitsleistung.

Mittwoch, der 12. Mai, 11 Uhr 22, Kiosk

„Der Mistkerl hat mich bei den Hausaufgaben dran genommen, obwohl er doch genau wusste, dass ich in der letzten Stunde gefehlt habe. Dabei ist Zellteilung super schwer. Wenn ich noch 'ne Fünf bekomme, dann kann ich das Jahr wiederholen. Das macht der miese Sack doch absichtlich! So ein Arschloch!"

Das große Schulzentrum der Stadt war nicht weit von Jans Lieblingsbank entfernt, und um diese Zeit wurde es hier immer etwas laut. Doch dieser Zustand dauerte nicht lange an, und dann verschwand der Lärm wieder genauso plötzlich, wie er gekommen war.

Am Park lag die Bahnhofstraße, die, wie ihr Name schon sagt, zum Bahnhof hin und wieder von ihm weg führt. Ansonsten gab es hier nur wenig Verkehr, denn wer verirrt sich im Zeitalter des Individualverkehrs noch zum Bahnhof? Auf der anderen Seite des Parks führte die Bundesstraße zum Einkaufszentrum am Stadtrand, ja, da war viel Verkehr. Jan aber hatte sich seine Lieblingsbank auf dieser ruhigen Seite des Parks ausgesucht. Erstens wohnte er in der Bahnhofstraße, sie lag also nicht gerade weit von zu Hause weg. Zweitens war es, wie schon gesagt, die bedeutend ruhigere Ecke des Parks. Drittens verfügte dieser Ort über den Vorteil, dass er gleich neben dem Kiosk lag, was den

Erwerb von Rauchwaren bedeutend erleichterte. Viertens aber, und das war das Hauptargument, vertrat Jan die Ansicht, dass die Auswahl von allem, was mit „Lieblings-" beginnt, auf einem Gefühl beruht und somit überhaupt nicht begründet werden muss.

Handytelefonieren

Vielleicht veranschaulichen wir Jans Lebenseinstellung zunächst an einigen alltäglichen Verhaltensweisen, bevor wir uns auf den Weg zum Nirwana der Faulheit machen. So glaubte unser Protagonist fest daran, dass in unserer medialen Welt elektronische Geräte nur scheinbar einer besseren Kommunikation dienen. Das Gegenteil war nach Jans Ansicht der Fall. Computer und Mobiltelefone genießen vor allem durch ihren Unterhaltungswert eine hohe Akzeptanz in der Bevölkerung, was ihre enorme Nutzung erklärt. Diese kann wiederum in extremen Fällen Abhängigkeit erzeugen, in eher normalen Fällen produzieren diese Geräte lediglich eine zunehmende Isolation des Individuums. Tatsache ist, dass sie in zahllosen Fällen genau das Gegenteil dessen verursachen, wofür sie angeblich geschaffen wurden. Und so ist es auch nicht weiter verwunderlich, dass mittlerweile die Nachbarskinder lieber mit dem Computer als Fußball spielen.

Wenn Jan argumentierte, dann tat er dies am liebsten mit anschaulichen Beispielen. In der Regel mussten dafür Personen aus dem Bekanntenkreis herhalten, was wiederum in einem Wohnort, wo jeder jeden kennt, recht einfach und einleuchtend ist. Was die schädlichen Auswirkungen des Telefonierens angeht, so war sein Anschauungsbeispiel in der ganzen Bahnhofstraße und darüber hinaus bekannt. Bettina Schulze war eine richtige Tratschtante, ohne dabei eigentlich etwas zu sagen. Seit sie für sich das Handy entdeckt hatte, bezahlte sie im Minutentakt für dasselbe, was sie vorher ohne Handy auch gemacht hatte. Ihre Gespräche über den Äther liefen immer nach dem gleichen Muster ab. Während andere Menschen sich am Telefon noch ganz klassisch mit Namen meldeten: *„Hier Ute. Wie geht's?"*, erkannte man Bettina an ihrer ansatzlosen Direktheit: *„Wo bist du?"* Und egal, was ihr Opfer auch antwortete, kam nach drei Sekunden automatisch die Frage: *„Was machst du gerade?"*

So was ähnliches musste Bert Brecht widerfahren sein, als er die Geschichte niederschrieb *Wenn die Haifische Menschen wären.* Jeder denkt automatisch an Fische, wenn Bettina loslegt; einige, weil Fische so schön stumm sind, andere, weil sie Bettinas Geblubber nicht als Sprache erkennen: *„Die Fischlein ... sind bekanntlich stumm, aber sie schweigen in ganz* *verschiedenen Sprachen und können einander daher unmöglich verstehen.“*

Vielleicht hatte Brecht ja Bettinas Oma gekannt. Kurz und gut: Nicht jeder Mensch ist für diese Art der „Kommunikation“ geschaffen. Bei einigen verhindert dies mangelnde Geduld, bei anderen ihr Intelligenzquotient. Notgedrungen rief Bettina daher immer dieselben Personen an: Ihre Mutter, ihre Schwester und ihren Mann. Jedenfalls war Bettina der Grund für Jan, sich niemals ein Handy zuzulegen. Dafür mochte er sie und auch dafür, dass sie ein so schlagender Beweis in seiner Argumentationskette war. Meist genügte eine Anspielung auf Bettina, und die Diskussion über den Nutzen von Mobiltelefonen war zu seinen Gunsten entschieden. Nur in Ausnahmefällen musste Jan drohen: *„Na, dann ruf Bettina doch mal an, dann wirst du schon sehen!“* Aber jeder normale Mensch, der auch nur einmal mit ihr telefoniert hatte, beging diesen Fehler natürlich kein zweites Mal.

Mittwoch, der 12. Mai, 11 Uhr 23, Parkbank

Jan tankte noch immer Sonnenenergie, als sich jemand neben ihm auf die Bank setzte. Wortlos zündete sich Dieter eine Filterzigarette an. Die große Pause war vorbei und die Welle von Nikotinjunkies verebbte wieder in der Richtung, aus der sie gekommen war. Die Zigarettenpause für den Kioskpächter kam immer nach der großen Pause in der Pestalozzi-Schule, wenn seine Stammkunden wieder verschwunden waren.

„Eine Packung Mentholzigaretten und fünf Tüten Brausepulver. Ich glaub das ja nicht!"

„Wieso? Brausepulver ist doch klasse!"

Der Vorteil einer Lieblingsbank im Park ist, dass man in der Regel immer erreichbar ist, was ja in einer mobilen Gesellschaft wie der unseren von entscheidender Bedeutung sein kann. Für Dieter war Jan nach dem Pausentsunami immer leicht auffindbar, denn sein Kiosk stand nur wenige Meter entfernt. Es tat gut, mal in aller Ruhe mit einem verständigen Menschen über die Probleme zu sprechen, die einen wirklich berühren. Außerdem war Dieter für Jan Geschäftspartner. Seit die Leute Filterzigaretten rauchten, wurde es immer schwieriger, den importierten Drehtabak seiner Lieblingsmarke zu erstehen. Aber Dieter verkaufte das Zeug weiter, auch wenn es außer Jan niemand mehr haben wollte.

Ihre Beziehung ging aber über die reine Befriedigung von Grundbedürfnissen hinaus. Sie waren Freunde, weil sie nicht nur dieselben Hobbys sondern auch dieselben Ansichten zu den grundlegenden Problemen der Weltgeschichte hatten, auch wenn Dieter eine andere Terminologie benutzte als unser Protagonist.

„Wenn ich erst mal pensioniert bin, dann mach ich den Gartenzaun doppelt so hoch, damit ich vom Küchenfenster aus keinen Scheißer von weniger als 1,60 m Größe mehr sehen muss."

„Joh, mach das, Dieter."

Die Parkbank war schon eine tolle Sache. Sie diente Jan nicht nur zum Sonne tanken und als persönlicher Orientierungspunkt, sondern war auch ein wichtiges Informationszentrum. Andere Leute legten sich zum Zweck permanenter Erreichbarkeit ein Handy zu, Jan eine Lieblingsbank im Park.

Mobile Gesellschaft

Zu den Themen, die Jan immer wieder gern zur Sprache brachte, gehörten auch Individualverkehr und Mobilität. Ein intelligenter und verantwortungsbewusster Mensch kann sich doch in Zeiten des Klimawandels gar kein Auto mehr kaufen. Außerdem ist der motorisierte Individualverkehr selbst zwischen den Ölkrisen recht teuer. Für Otto Normalverbraucher ist der Luxus des eigenen Autos so teuer, dass er dafür Abstriche in anderen Bereichen machen muss.

Jan fuhr bewusst mit Bussen und Bahnen, und zwar sowohl aus Liebe zur Umwelt als auch um des lieben Geldes willen. Er war der festen Überzeugung, dass das Auto mehr Statussymbol als Verkehrsmittel ist. Auf diese Idee kam Jan, wie in so vielen anderen Zusammenhängen auch, durch die Beobachtung eines Nachbarn. Dieser hatte sich vor einigen Jahren einen allradbetrieben Sportwagen gekauft. Es war ein wirklich aufsehenerregendes Modell, mit dem Peter Klein sich gleichsam identifizierte. Die meisten Nachbarn in der Bahnhofstraße wuschen ihren Wagen jeden Samstag. Niemand wusste, wie oft Peter Klein sich selbst wusch, sein Statussymbol polierte er jedenfalls täglich. Es verstand sich von allein, dass der gute Mann seit dieser Anschaffung auch von nichts anderem mehr redete. Er nahm den Werbespruch seines Fahrzeugherstellers beim Wort und liebte sein Auto.

Gleich mehrere Fehler beging Peter Klein beim Kauf seines Autos. Fehler Nummer 1: Peter Klein kaufte sich ein Auto. Fehler Nummer 2: Peter Klein kaufte sich ein Auto, das zwei Nummern zu groß für ihn war. Fehler Nummer 3: Peter Klein kaufte sich ein Auto, das zwei Nummern zu groß für ihn war, obwohl er bis heute keine Ahnung davon hat, wie hoch seine laufenden Ausgaben auch ohne Auto schon waren. Kurz, der Autokauf basierte eher auf Emotionen als auf Kalkül. Jan vermutete, dass bei Peter Klein der Wunsch nach einem großen Wagen ganz einfach seinem gesteigerten Geltungsbedürfnis entsprach. Warum sollte er denn auch mit dem Bus zum Einkaufen fahren, wenn es einen so großen und lauten Kleinlaster gab, dass sich einfach alle nach ihm umdrehen mussten?

Nun, der Schuss ging nach hinten los. Von Peter Kleins Unglück erfuhr unsere Kleinstadt sechs Monate später, als der Sportwagen mit deutlichem Preisnachlass wieder im Autohaus stand. So ein Wagen hat seinen Preis, aber Peter Klein besaß nicht das nötige Kleingeld dazu. Als er wieder auf vorbildliche Weise den öffentlichen Nahverkehr nutzte, wusste jeder, dass alles auf Pump gekauft war. Dies ist nämlich ein besonderer Umstand in unserer Kleinstadt: Es gibt keine Geheimnisse.

Mittwoch, der 12. Mai, 11 Uhr 24, Parkbank

Eine Parkbank hatte auch den für Lebenskünstler entscheidenden Vorteil, dass man auf ihr gut nachdenken konnte. Wenigstens war dies um 11 Uhr 24 der Fall, nachdem Frau Schulte ihren täglichen Gruß bereits erboten hatte. - Es fehlten allerdings noch Herr Karon und Frau Marx. - Über den Sinn des Lebens zu philosophieren war ein Hobby von Jan. Nicht von ungefähr zählten zu seiner Unterhaltungslektüre Standardwerke der Selbsterkenntnis wie das von Richard David Precht: „*Wer bin ich – und, wenn ja, wie viele?*"

In seiner Art zu Philosophieren verknüpfte er stets so abstrakte Dinge wie Ideologien mit so konkreten Personen aus seinem Bekanntenkreis wie Peter Klein oder Bettina Schulze. Mehr als einmal grübelte Jan über den Grund ihres Verhaltens. Angesichts solcher Versager musste doch die Frage erlaubt sein, ob unsere Gesellschaft bereits so entfremdet war, dass praktisch jede Verhaltensweise Suchtpotenzial in sich barg.

Orientierungshilfen in unserer Gesellschaft I: Religion

Üblicherweise erleichtern uns formale Kriterien die Orientierung in der Gesellschaft. In normalen Fällen werden dazu Lebensabschnittskriterien wie Schule, Lehre, Universität, Arbeit, Ruhestand usw. herangezogen. Jan halfen solche formalen Kriterien leider nicht weiter, denn erstens war Jan mit seinen 26 Jahren weder Schüler oder Student noch hatte er je eine Lehre abgeschlossen oder ging gerade einer geregelten Arbeit nach, und zweitens war er, das dürfte bereits klar geworden sein, kein normaler Fall.

Jan war felsenfest davon überzeugt, dass eine klassische Orientierungshilfe wie Religion heute nicht mehr zur Identifizierung eines Einzelnen mit einer Gruppe dient. Bei Religion musste Jan immer lachen, war sie doch in seinen Augen für den Gläubigen nicht mehr als eine Anleitung zur Selbstkasteiung. Und dabei hatte er noch den weitaus freundlicheren Teil der Kirchengemeinde im Blick. Kam er dagegen auf die Würdenträger zu sprechen, die ihre Machtstellung in der Hierarchie zur Erlangung sexueller Befriedigung ausnutzten, ...

Viele Kirchgänger, so Jan, glaubten selbst gar nicht an den Scheiß, den sie im Gotteshaus wiederkäuten. Vielmehr benutzten sie die Institution, um sich entweder wie unsere Freundin Erna die Bestätigung für ihr Handeln geben zu lassen oder um an Geld und Einfluss zu gelangen. Letzteres ist schließlich nirgendwo so einfach wie in einer Glaubensgemeinschaft.

Mittwoch, der 12. Mai, 11 Uhr 26, Parkbank

Wie gut ließ es sich doch leben, wenn einem die eigene Weltanschauung das Faulenzen auf der Parkbank nicht verbot! Jan war der lebende Beweis für die Richtigkeit seiner Weltanschauung: Wie alle seine Freunde war er Agnostiker, weil ihm das permanente Wettern der Atheisten gegen die Kirche zu anstrengend war. Er glaubte an keine Philosophie, die er nicht selbst entwickelt hatte, sah in antagonistischen Ideologien eine unnötige Beschränkung potentieller Sexualpartner, und war außerdem Single und weit davon entfernt, eine Familie zu gründen. Sein Motto lautete diesbezüglich: *„Für Probleme ist später auch noch Zeit.“*

Arbeit für einen Faulpelz

Wer derart hohe Ansprüche stellte, der musste ja scheitern. Was Arbeit als solche anging, so war Jan fest davon überzeugt, dass jeder sein Hobby zum Beruf machen sollte. So viele Stunden gingen die meisten Bundesbürger einer geregelten Arbeit nach, da wäre es doch fatal, wenn sie sich nicht mit ihr identifizieren könnten. Solange das in seinem Fall nicht möglich war, wollte Jan keinen „richtigen“ Beruf lernen. Diese Meinung sagte er, radikal wie er war, offen heraus, was zunächst zu zahllosen Diskussionen und schließlich zu seinem Spitznamen führte.

Intelligenz kann nützlich sein, macht aber nicht glücklich. Diese Aussage traf auch auf Jan zu. Gerade weil er intelligent war, hatte er im Alltag Probleme, die viele dumme Leute nicht kannten. Das Thema Arbeit war für ihn wichtig, denn ein normaler Mensch arbeitete ja viele Stunden am Tag. Er stellte sich vor, in einem Beruf zu arbeiten, der ihm nicht gefiel. Das wäre eine Katastrophe! Das durfte nicht sein! Der eigene Beruf musste gut gewählt sein. Deshalb machte Jan sich Gedanken darüber, welcher Beruf für ihn der Beste sei.

Tage- und nächtelang dachte er über seinen Berufswunsch nach. Dabei frustrierte ihn vieles, was er durch seine Mitmenschen so aus der real existierenden Welt der Arbeit erfuhr. Das ist eigentlich nicht weiter verwunderlich, denn wer hat schon einmal jemanden kennengelernt, der mit seiner Arbeit, mit seinem Chef oder mit seiner Bezahlung zufrieden war. In der Bahnhofstraße war dies jedenfalls, so weit er wusste, bei niemandem der Fall.

Jan war davon überzeugt, dass ein enormer Unterschied zwischen den Anforderungen im Arbeitsalltag und den natürlichen oder erlernten Fähigkeiten eines Menschen bestand. Wenn z. B. jemand schnell laufen oder gut malen konnte, hieß das noch lange nicht, dass er als Wurstverkäufer erfolgreich sein musste. Mit anderen Worten: Die Fähigkeiten einer Person hatten nicht unbedingt etwas mit dem zu tun, was ihr Chef jeden Tag von ihr verlangte. Genauso wenig hatten die Ergebnisse ihrer Arbeit notgedrungen etwas mit ihrer Bezahlung zu tun.

Unter den gegebenen Umständen würde Jan es in diesem Leben wohl nicht mehr zum Helden der Arbeit bringen. So wie es aussah, war er eben nicht zum Arbeiten geboren. Arbeit war etwas sehr Ehrenwertes, aber nicht für ihn; wenigstens, wenn Arbeiten monotones „Roboten" war, dann konnte Jan ganz gut darauf verzichten.

Während der Durchschnittsbürger an dieser scheinbar ausweglosen Situation vermutlich verzweifelt wäre, lehnte Jan sich selbstzufrieden zurück und tankte noch etwas Sonne.

Mittwoch, der 12. Mai, 11 Uhr 27, Parkbank

Den Begriff „Roboten" hatte er übrigens aus dem Lied *Alex* von den *Toten Hosen*. Musik half ihm beim Philosophieren, gab ihm Ideen und Denkanstöße. Jan schaltete seinen MP3-Player ein und stöpselte sich die Ohrhörer rein.

Lustgewinnmaximierung

Unterstützt von den Liedern seiner Lieblingsband schuf sich Jan eine Weltanschauung, die ihn zufriedenstellte, aber die Ausübung einer „richtigen" Arbeit fast unmöglich machte. Vielleicht war er zu ehrgeizig oder zu intelligent, aber auf keinen Fall war er bereit, in die Fußstapfen seines Vaters zu treten, der sein Leben lang in der örtlichen Rollschuhfabrik am Fließband Kugellager in Gummiräder eingesetzt hatte. Körperliche Anstrengung sagte ihm nicht zu, aber noch mehr fürchtete er die mit vielen Jobs verbundene Routine.

Der Kern seiner Philosophie ließ sich so zusammenfassen: die Suche nach Selbstverwirklichung. Die Methode, mit der er dabei vorging, hieß Lustgewinnmaximierung. Jan machte überhaupt nur das, was ihm Spaß machte. Zeitung lesen konnte er stundenlang. Dabei war er nicht im herkömmlichen Sinne leistungsorientiert. Wenn er mit seiner Gitarre eine Zeit lang auf der Toilette verschwand, dann war das für ihn produktiv genug. Andererseits konnte er sich durchaus für jene Dinge begeistern, die ihm Lustgewinn versprachen. Er las gern, diskutierte gern und hörte gerne Musik.

Es war unglücklicherweise aber gerade die Mischung aus eigenem Geschmack und Nonkonformismus, die ihn gleichsam zum Feind der Gesellschaft machte. Jan hatte nie gelernt, sich Druck zu beugen. Leider begegnen wir aber Druck in unserer Gesellschaft fast überall. Mal ehrlich, wo funktioniert denn in unserem Bildungs- oder Wirtschaftssystem etwas ohne Druck? Selbst beim Konsum werden wir so lange der den Willen beeinflussenden Werbung ausgesetzt, bis wir glauben, das Markenprodukt kaufen zu müssen. Das aber funktionierte mit Jan nur bedingt, was sich anhand seines Lebenslaufes belegen lässt.

Mittwoch, der 12. Mai, 11 Uhr 35, Parkbank

„He, du Faulpelz! Wieder nichts zu tun?"

Jan reagierte nicht. Nicht etwa, weil er nicht wollte, sondern weil er den Rentner vor ihm einfach nicht wahrgenommen hatte. Wie sollte er auch, mit geschlossenen Augen und lauter Mucke auf dem Ohr? Wer aber glaubt, ein MP3-Player schütze vor den Attacken von Ruheständlern, der kannte Herrn Karon nicht. Auch Franz Karon war nicht in der Lage, an Jan vorbeizugehen, ohne seiner Missbilligung über dessen Nichtstun Ausdruck zu geben. Seine Motivation dazu resultierte dabei weniger aus der Zufriedenheit in Jans dummdämlichen Gesichtsausdruck, wenn er eines seiner Lieblingslieder mitsummte. Vielmehr war es die Tatsache, dass es seinem geliebten Ordnungssinn widersprach, dass hier ein Mann im besten Alter nutzlos „abhing", wie es die jungen Leute zu sagen pflegten. Ein junger Mann ist doch kein Schinken!

Ein sanfter Tritt gegen Jans Schienbein rückte die Welt wieder in ihren gewohnten Lauf.

Jan fiel aus allen Wolken. Es dauerte eine halbe Sekunde, ehe er merkte, dass nicht die Welt untergegangen war, sondern Herr Karon um seine Aufmerksamkeit nachsuchte. Mit deutlich erhöhtem Puls entfernte Jan sich die Stöpsel aus den Ohren und war nun in der Lage, den Gruß zu erwidern.

„Ich wünsche Ihnen auch einen schönen guten Tag, Herr Karon."

„Sei nicht so frech, sondern such dir lieber eine Arbeit! Du kannst doch unmöglich die ganze Zeit hier faul rumsitzen. Das geht doch wirklich nicht!"

„Oh, ja! Eine richtige Arbeit. Das wäre schön! Ich weiß aber nicht wirklich, was ich arbeiten soll. Können Sie mir nicht einen Tipp geben?"

„Mein ganzes Leben lang habe ich hart gearbeitet, und jetzt muss ich mir von einem Schlingel wie dir so etwas anhören! Eine Frechheit ist das!"

„Nein, nein, Herr Karon, Sie missverstehen mich völlig! Ich will ja arbeiten. Nur erstens weiß ich nicht was, und zweitens will ich auf keinen Fall jemand anderem die Arbeit wegnehmen. Das verstehen Sie doch?"

„Ich verstehe sehr gut, und zwar, dass du nicht arbeiten willst und noch nie arbeiten wolltest. Ich habe dich durchschaut. Mir machst du nichts vor."

Herr Karon verstand sehr gut, denn er war zwar alt aber nicht taub. Gegen Jans selbstzufriedene Art hatte Herr Karon allerdings keine Argumente, und so ging er lieber Falschparker suchen. Das war nämlich seine Lieblingsbeschäftigung. Herr Karon wurde nicht müde, alle falsch parkenden Autos in der Bahnhofstraße anzuzeigen. Parkte ein Auto zu nah am Zebrastreifen oder stand es mit einem Rad auf dem Bürgersteig, schon kam er aus dem Haus gelaufen, machte ein Foto vom Tatort und mailte es dem Ordnungsamt. Er kannte die Parkvorschriften in der Bahnhofstraße genau. Wenn aber trotzdem mal ein Falschparker diskutieren wollte, dann konnte er immer noch die Polizei rufen. Schließlich war Herr Karon im Recht. Er hatte immer Recht.

Wenn Jan an eine gescheiterte Existenz dachte, dann war es jemand wie Herr Karon. Der hatte sich doch zu keinem Zeitpunkt seines Lebens selbst verwirklicht. Er hatte immer nur gedient und gehorcht und Vorschriften befolgt. Das war schon mit seinen autoritären Eltern so und auch später in der Hitlerjugend, und in seinem Arbeitsleben sowieso.

„Alter Sack! Wenn der träumt, dann sieht er sich bestimmt als einflussreiche Person."

Jan machte weiter das, was er am besten konnte. Er machte es sich wieder auf seiner Lieblingsparkbank bequem und versuchte, das schöne Wetter zu genießen. Doch der Schrecken saß ihm noch immer in den Knochen.

„Dreist!"

Mehr fiel ihm gerade nicht ein. Und das, wo er doch sonst immer so schlagfertig reagieren konnte. Jan wusste im ersten Moment gar nicht, was ihn am meisten überraschte, die Enttäuschung, dass ihm sein geliebter MP3-Player nicht den erhofften Schutz vor aggressiven Rentnern bieten konnte, der Schrecken, innerhalb einer Zehntelsekunde aus einer Traumwelt in die Realität zurückgerissen worden zu sein, oder die Botschaft des Herrn Karon.

Er schaltete das Abspielgerät aus, als gerade ein Auto vorbeifuhr und aus dem offenen Fahrerfenster ein uralter Schlager von Klaus Lage tönte. Jan sang gedankenversunken mit:

> „Tausendmal berührt,
> tausendmal ist ..."

Noch immer summte er den Refrain vor sich hin, aber bevor er noch weiter ins Grübeln kam, besann er sich darauf, dass die Begegnung mit Herrn Karon ja auch etwas Gutes hatte. Nachdem Frau Schulte und Herr Karon bereits durch den Park gekommen waren, fehlte nur noch Hertha Marx, um das Trio komplett zu machen. Aber Frau Marx hatte sich das Bein gebrochen. Bis sie ihren Gips wieder loswurde, saß sie am offenen Küchenfenster und beschimpfte die Leute von dort aus. In den Park würde sie die nächsten drei Wochen wohl nicht mehr kommen. Welch herrliche Ruhe! Und genug Zeit, dass wir uns mal mit der Laufbahn unseres Protagonisten beschäftigen können.

Kindergarten

Es heißt, dass bei vielen Kleinkindern entweder die Motorik oder die Sprachfertigkeit klar über die andere Fähigkeit dominiert. Jan war auch in dieser Hinsicht eine Ausnahme, denn er sparte bereits als Kind nicht nur an physischer Bewegung, sondern bewies auch beim Sprechen einen Hang zum Minimalismus. So verkürzte er Sätze zu einem einzigen Wort.

„Mamamamanbutter!" soll eigentlich heißen „Mama, mach mal ein Butterbrot!" oder etwas höflicher formuliert: „Liebe Mutter, sei doch so gut und schmier mir ein Butterbrot!". Klar, dass diese Geheimsprache außer seiner Mutter niemand verstand, und so wuchs Jan notgedrungen zweisprachig auf.

Der Kindergarten war eine schöne Zeit, vielleicht sogar die schönste Zeit seines Lebens. Zum Einen lag das daran, dass sich Jan im Kindergarten so gar nicht von den anderen Kindern unterschied. Alle Kinder spielten. Es gab Eigenbrötler, aber anders als heute gehörte Jan im Kindergarten nicht zu ihnen. Paul Spieß war so ein Sonderling. Seine Eltern besaßen die Konditorei in der Wilhelmstraße, und während die anderen Kinder Ball spielten, backte Paul Sandkuchen im Akkord. Heute leitet der Paul die Konditorei und er backt immer noch Sandkuchen.

Mittwoch, der 12. Mai, 11 Uhr 40, Parkbank

Jan war jetzt 26 Jahre alt. Vielleicht hatte Herr Karon ja Recht und es war wirklich an der Zeit, sich eine Arbeit zu suchen. Nach dem Abitur wollte Jan sich eigentlich für ein Studium entscheiden, aber das war gar nicht so einfach. Bis er das richtige Studienfach gefunden hatte, machte er erst mal gar nichts. Der Entscheidungsfindungsprozess lief nun schon einige Jahre, und Jan empfand das nicht wirklich als Belastung. Trotzdem konnte sich Jan nach der Begegnung mit Herrn Karon nicht so recht auf das Faulenzen konzentrieren.

„Mann, Dieter, hast du nicht 'ne Idee, als was ich arbeiten könnte? Ich will ja nicht reich werden, nur 'ne Arbeit haben, die Spaß macht."

„Ja, wenn du meinst. Aber dann lässt du das ja doch wieder sein. Ich glaub ja nicht, dass du mal was für länger findest."

Das rief Dieter vom Kiosk aus herüber. Und Recht hatte er. Schließlich hatte Jan durchaus schon Berufserfahrung. Letztens hatte er es sogar im Lebensmittelmarkt in der Bahnhofstraße probiert. Das Jobben dort war an sich gar nicht so übel und bestand meist nur darin, nach Bedarf die Regale aufzufüllen. Die meisten

Verkäuferinnen im örtlichen Supermarkt hatten Schwierigkeiten, die Produkte in den oberen Regalböden zu deponieren. Jedenfalls wiederholten sie dies immer wieder, wenn es darum ging, die Bestände aufzufüllen. Für Jan war es dagegen kein Problem, mit dem Hubwagen Kartons mit den verschiedensten Produkten des täglichen Bedarfs aus dem Lager zu holen und sie auf die entsprechenden Regale zu verteilen. Auch wenn es darum ging, den Supermarktleiter Herrn Spiros über die Lagerbestände zu informieren, war dies nicht wirklich eine intellektuelle Höchstleistung.

Genau darin bestand eines der Probleme, die Jan schließlich dazu bewogen, die Arbeit im Supermarkt aufzugeben. Herr Spiros wachte eifersüchtig über die Rechnungsbücher seines kleinen Reiches. Das Büro hinter dem Verkaufsraum war tabu für Jan. Die Kassen am Eingang waren auch tabu, weil seine Kolleginnen es zu verhindern wussten, dass Jan auch nur in ihre Nähe kam. Zwischen Kasse 1 und Kasse 2 spielte sich nämlich das örtliche Leben ab. Heike und Katharina konnten von ihren Drehstühlen aus die Bahnhofstraße einsehen. Eigentlich war das aber gar nicht nötig, denn sobald etwas im Ort passierte, kamen sofort Kunden, die ihnen die frohe Botschaft überbrachten. Gab es einen Unfall oder starb jemand, gewann jemand im Lotto oder wollte jemand heiraten, fuhr jemand in

Urlaub oder fuhr jemand nicht in Urlaub, egal, die Leitung des örtlichen Nachrichtendienstes war stets umfassend informiert.

Jan war davon überzeugt, dass die beiden auch ohne Bezahlung hier arbeiten würden. Er spürte aber auch, wie seine Zukunft hier aussehen würde. Wenn Jan hier bis zum Eintritt ins Rentenalter arbeiten wollte, dann bestünde sein Berufsleben aus Hubwagen, Wischeimer und Lagerbestandszetteln. Einerseits fühlte er sich unterfordert. Gleichzeitig aber fühlte er sich auch überfordert, wenn es darum ging, morgens früh aufzustehen. Die extrem frühen Ladenöffnungszeiten machten ein dauerhaftes Arbeitsverhältnis unmöglich. Tief in seinem Inneren fühlte Jan, dass Aufstehen vor 12 Uhr Sünde war. Und so kam es, wie es kommen musste.

Schule

Mit sieben Jahren war Schluss mit Spielen. Jan wurde eingeschult, und damit er auf dem Schulweg nicht verloren ging, begleitete ihn seine Mutter am ersten Schultag. Schlecht erging es ihm auch dort nicht, obwohl seine Abneigung gegen einige Fächer von Anfang an deutlich wurde. In seiner Ablehnung gegen jede Art nicht notwendiger Bewegungen war er konsequent. So hielt er es mit Churchills Ausspruch:

„No sports!", was Letzterem angeblich ein langes Leben, Ersterem dagegen schlechte Noten im Schulsport einbrachte.

Obwohl er intelligenter als die meisten seiner Klassenkameraden war, brachte er auch in den übrigen Fächern keine überragenden Noten mit nach Hause. Wie ein gutes Springpferd, das nur so hoch springt, wie es muss, brachte Jan auch nur so gute Noten mit nach Hause, dass er das Schuljahr ohne Probleme bestand und sich die alljährliche Standpauke seines Vaters im Rahmen der Zeugnisübergabe noch in Grenzen hielt. Er bestand also die ersten vier Schuljahre und wurde danach in die Realschule eingewiesen.

Dass er auch diese Institution ohne ein Jahr zu wiederholen durchlief, lag daran, dass die Alternative zum Schulbesuch in berufsmäßiger Arbeit bestand. Seine Eltern hatten ihm gedroht:

„Wenn du die Schule abbrichst, dann suchst du dir eine Lehrstelle!"

Bereits als Teenager stand Jan beruflicher Arbeit skeptisch gegenüber, im Vergleich dazu war das Lernen für die Schule das eindeutig geringere Übel.

Alles, was Jan in seinem späteren Leben auszeichnete und ihn so sehr von anderen Menschen unter-

schied, zeigte sich bereits in Ansätzen in seiner Schul-
zeit. Während seine Klassenkameraden nach der
Schule Zeitungen austrugen oder versuchten, Babys
ruhigzustellen, um sich vom so verdienten Geld ein
Handy zu kaufen, ging Jan den umgekehrten Weg. Er
reduzierte Arbeit und Ausgaben auf ein Minimum. Das
Ergebnis war dabei eigentlich für alle dasselbe:
Niemand in der Klasse hatte am Monatsende noch Geld
in der Tasche. Und für die meisten sollte sich an dieser
Situation ein Leben lang nichts ändern.

Jan kam in die zehnte Klasse und die Realschulzeit
ging damit ins letzte Jahr. Eigentlich war das kein
Problem, doch was sollte danach kommen? Eine Lehre
schied aus; Arbeiten sowieso. Dann blieb eigentlich nur
noch Studieren. Aber dafür brauchte er einen Noten-
durchschnitt, der ihm den Zugang zum Gymnasium
und das Erlangen des Abiturs ermöglichte. Nachdem
diese Entscheidung einmal gefällt war, stiegen seine
Noten wie die Aktienkurse kurz vor dem großen Bör-
sencrash. Mitschüler und Lehrer sahen diese wunder-
same Entwicklung so ungläubig, dass er aus Anlass der
Noten seines Halbjahreszeugnisses sogar beim Direktor vorsprechen musste.

*„Das kann doch nicht mit rechten Dingen zugehen!
Das hast du doch unmöglich selbst zustande gebracht! Spuck es schon aus! Wer hat dir geholfen?*

Hast du abgeschrieben? Steckt etwa ein Lehrer da-hinter? Hast du die Prüfungsthemen vielleicht vor-her gekannt? Also, wenn du nicht langsam die Wahr-heit sagst, dann lernst du mich aber mal kennen."

So sehr Jan auch seine Unschuld beteuerte, niemand glaubte ihm; und so lief der beste Schüler seines Jahr-gangs ernsthaft Gefahr, wegen zu guter Noten von der Schule verwiesen zu werden. Das hatte Jan echt nicht kommen sehen. Den leidgeprüften Direktor interessier-te die Wahrheit kein Stück, sie war völlig unakzepta-bel. Mehrere Verhöre und einige Wochen, in denen er unter besonderer Beobachtung stand, brachten keine Verbesserung der Situation. Es war klar, hier bedurfte es einer Notlüge, und dafür brauchte er die Hilfe sei-ner Eltern. Diese verstanden die ganze Situation zwar auch nicht, waren aber bereit, für die Zukunft ihres einzigen Sohnes mitzuspielen.

Jan meldete sich in der Sprechstunde des Direktors und offenbarte das Mysterium. Er leide seit Jahren an starker Konzentrationsschwäche durch zu hohen Fern-sehkonsum, und dieser Mangel habe nur durch medi-kamentöse Behandlung behoben werden können. Das Präparat, eine Kombination verschiedener Vitamine und Pflanzenextrakte, sei in jeder Apotheke auf Rezept erhältlich und habe in seinem Fall ein kleines Wunder vollbracht.

Der Direktor hielt das braune Fläschchen mit den orangenen Pillen ungläubig in der Hand. Der jahrelange Schulbetrieb hatte ihn immer wieder in Situationen gebracht, in denen er mit der Schuldoktrin nicht recht weiterkam und die eine eher praktische Lösung erforderlich machten. Nachdem ja alle bisherigen Gespräche und Sanktionen völlig wirkungslos geblieben waren, siegte der Pragmatismus, und so entschied er, der ausweglosen Situation sofort ein Ende zu machen. Jans nur vorläufig erteilte Noten für das Halbjahreszeugnis wurden mit sofortiger Wirkung als endgültig eingetragen. Die besondere Beobachtung wurde aufgehoben und Jan musste auch nicht weiter vor dem Direktor Rede und Antwort stehen. Einem guten Abschlusszeugnis und dem Wechsel zum Gymnasium stand nunmehr nichts mehr im Weg.

Mittwoch, der 12. Mai, 11 Uhr 50, Parkbank

Zehn vor zwölf. Der Drehtabak neigte sich dem Ende zu. Jan hatte nur noch Tabak für ein paar Zigaretten. Wenn er heute Nachmittag noch eine rauchen wollte, dann musste er wohl oder übel an Geld kommen. Die Lösung seines Problems wohnte im dritten Stock der Bahnhofstraße 32. Zwölf Uhr war eine gute Zeit. Wenn er jetzt bei Oma Penske klingelte, dann war die Blase ihres Schoßhündchens so voll, dass dieser es kaum noch bis in den Park schaffte.

„Tach auch, Frau Penske. Ich dachte, der Waldi ... ."

Ihr Waldi war ein widerlich dicker Mops, der vor lauter Atemnot kaum laufen konnte; ein direktes Abbild seines Frauchens. Waldi hatte schon Tränen in den Augen, weil Jan heute spät dran war. Oma Penske hatte die Leine schon in der Hand und auch Tränen in den Augen, weil sie es nicht ertrug, dass ihr Waldi litt. Voller Dankbarkeit überreichte sie Jan wortlos die Leine.

Am schnellsten ging es, wenn er das fette Ding in den Fahrstuhl trug. Unten angekommen überquerte Jan mit Waldi auf dem Arm die Bahnhofstraße. Er setzte den Vierbeiner so zügig und gleichzeitig doch so vorsichtig vor die Bank im Park, als ob es sich um eine

Bombe handelte, die gleich explodieren könnte. Sekunden später war die Welt wieder in Ordnung. Tabakrauch erfüllte seine Lungen, Oma Penske war happy, weil sie sich heute den beschwerlichen Weg bis in den Park sparen konnte, und Waldi ließ es dort laufen, wo er gerade saß, wobei ein veränderter Gesichtsausdruck anzeigte, dass die Tränen der Anspannung den Tränen der Freude gewichen waren. Die Hundeleine war bei der ganzen Aktion nicht wirklich notwendig.

Abitur

Ein paar Monate später ermöglichte es ihm ein gutes Abschlusszeugnis, aufs Gymnasium zu wechseln und weitere drei Jahre ohne „richtige" Arbeit auszukommen. In der Vergangenheit war bei Jan die jeweils momentane Lebenssituation eigentlich immer die beste seines Lebens gewesen. Der Kindergarten war das Paradies auf Erden, wo alle machen konnten, was sie wollten. Die Schule war zwar in erster Linie langweilig, aber der Arbeitsaufwand hielt sich noch in Grenzen und so überstanden die meisten Leute sie problemlos. Nun begann auf dem Gymnasium ein neuer Lebensabschnitt.

Jans Hauptanliegen war es, auch diese Institution in eine stressfreie Zone zu verwandeln. Kurioserweise kam ihm die Funktionsweise der Bildungsfabrik dabei sehr entgegen. Jeder Schüler musste durch die Wahl seiner Leistungskurse bestimmte Lernbereiche abdecken. Sehr beliebt war unter den Schülern die Kombination von Biologie und Sport. Da der Sportlehrer gleichzeitig Biologie unterrichtete, konnte hier mangelnde Hirnmasse durch einen Überschuss an Muskeln teilweise ausgeglichen werden. Man glaubt nicht, was für Gestalten in unserer Stadt das Abitur gemacht haben! Ideologische Hardliner wählten Religion. Dann gab es auch noch eifrige Lerner, die sich für Französisch oder Latein begeistern konnten. Ein paar Exoten liebten Mathematik und Naturwissenschaften!

Jan war klar, dass durch eine taktisch kluge Auswahl der Grund- und Leistungskurse der Arbeitsaufwand zum Erreichen des Abiturs in Grenzen gehalten werden konnte. Sport wurde sofort abgewählt. Deutsch war gut, womit wir schon einmal den ersten Leistungskurs bestimmt hätten. Mathematik war ein notwendiges Übel in der elften Klasse, aber danach zu anstrengend. Biologie war so beliebt bei den Schülern, dass davon gleich zwei Leistungskurse angeboten wurden. Doch hier war Vorsicht geboten! In den Idiotenkurs kam man nur durch die Kombination mit Sport. Der andere Biologieleistungskurs wurde von Doktor Vogelsang angeboten, einem Sadisten, der schon einmal eine

Schülerin in den Freitod getrieben hatte. Biologie schied aus, da sprach ja schon der gesunde Selbsterhaltungstrieb dagegen. Englisch war dagegen auch als Leistungskurs machbar. In Kunst, Musik und Erdkunde sollte durch Anwesenheit und gutes Betragen das Erreichen des Klassenzieles in greifbare Nähe rücken. Nachmittags wurde eine Literatur AG angeboten. Alles prima. Selten überlegte Jan eine Entscheidung so gründlich wie auf dem Gymnasium die Auswahl seiner Fächer. Genauso selten hat ihm eine gründliche Überlegung jemals so viel Arbeit erspart.

Dies alles soll aber nicht heißen, dass Jan auf dem Gymnasium nichts lernte oder keinen Spaß haben konnte. Wie sich später noch herausstellte, sollte er sich in der Literaturarbeitsgemeinschaft sogar richtig wohl fühlen. Auch in Englisch und Musik wurde er unerwartet kreativ. Das Abitur bestand er dann ohne großen Aufwand mit eher durchschnittlichen Noten. In den Monaten nach dem Abitur folgte dann allerdings die intellektuell anspruchsloseste Zeit seit dem Kindergarten: die Bundeswehr.

Mittwoch, der 12. Mai, 12 Uhr 30, unter der Parkbank

Waldi grunzte. Das war das Zeichen, dass er nun schon lange genug an der frischen Luft war. Da Jan nicht sofort reagierte, grunzte der Hund noch einmal. Waldi war eben ein Haustier im eigentlichen Sinne des Wortes. Er saß nun schon eine halbe Stunde praktisch regungslos im Park. Das war jetzt aber wirklich genug! Jan gähnte, machte seine Kippe aus und schwang sich von der Bank.

„Eigentlich hast du Recht, Waldi. Es ist Zeit fürs Mittagessen."

„Grunz!"

Jan nahm den Mops auf den Arm und schlenderte zum Hauseingang der Nummer 32. Oma Penske war wie immer überglücklich, ihren geliebten Schatz nach so langer Trennung wieder in die Arme schließen zu können.

„Bussi, Bussi."

„Grunz!"

Zur Belohnung gab es sofort eine Portion Hühnerfrikassee, denn Oma Penske kochte für ihren Liebling nur die feinsten Leckereien. Und wer dachte, ein dicker

Mops könne sich nicht schnell bewegen, der sollte Waldi mal beim Fressen zuschauen. Da Jan offenbar nicht zum Essen eingeladen wurde, machte er kehrt und schwelgte in Erinnerungen vergangener Tage.

Die Bundeswehr

Er hätte niemals zum Bund gehen sollen. Wenngleich diese Aussage für eine große Anzahl von Bundesbürgern ebenfalls zutreffend ist, gibt es in Jans Fall doch gleich zwei Gründe, die diese Aussage besonders rechtfertigen. Die Bundeswehr ist der Stolz vieler Waffen liebender Militärs, Politiker und Bürger. Sie bekommen feuchte Augen bei der Diskussion, welches der weltbeste Hubschrauber oder Panzer sei. Bei Jan war eher das Gegenteil der Fall, denn er war Pazifist und fürchtete sich vor Waffen.

Es gab aber noch einen zweiten Grund: Die Bundeswehr ist eine Einrichtung, bei der normale Menschen lernen, der Arbeit aus dem Weg zu gehen, oder nennen wir es „sich zu verdrücken", um nicht noch vulgärer zu werden. So ist es nicht weiter verwunderlich, dass die Zeit beim Bund für Jan eine verlorene Zeit war. Er wusste schließlich mehr als alle anderen davon, wie man der Arbeit aus dem Weg gehen konnte. Sein Vater hatte anfangs noch große Hoffnungen, die Zeit beim

Militär könnte aus seinem Jungen einen richtigen Mann machen. Das hätte er eigentlich besser wissen müssen!

Die Bundeswehr bildet mit etwa 25 Milliarden Euro einen der größten Ausgabenposten im Haushalt der Bundesregierung. Waffen sind nun mal teuer. Der volkswirtschaftliche Schaden dieser Einrichtung ist dagegen gar nicht zu beziffern, denn wer einmal beim Bund war, der ist für die Arbeitswelt nicht mehr zu gebrauchen.

Wer all dies beherzigt, sollte wirklich nicht zum Bund gehen. Warum Jan trotzdem ging, wird wohl sein Geheimnis bleiben. Hatte er sich Illusionen hingegeben? Wenn ja, dann dauerte es nicht lange, bis er auf den Boden der Tatsachen zurückgeholt wurde. Gleich in der ersten Woche begannen die größten Dummköpfe damit, ihre Muskeln spielen zu lassen. Ja, das war hier angesagt und wurde von der Direktion nach Kräften gefördert. Seine erbärmliche Kondition und seine unverhohlene Leidenschaft für Literatur brachten Jan in diesem Umfeld keine Pluspunkte. Der Spieß brachte es auf den Punkt:

„MÜNZER, WIR BEIDE WERDEN NOCH VIEL SPASS ZUSAMMEN HABEN!"

Indem er vor versammelter Mannschaft das seiner Meinung nach schwächste Glied der Kompanie zum Abschuss freigab, förderte der Spieß bewusst die Gruppenbildung unter den Soldaten. Ihm ging es darum, sich mit den größten Hohlköpfen gut zu stellen und die physisch Schwächeren von Anfang an zu schikanieren. Ein Berufssoldat denkt eben in Kategorien von Gut und Böse, Stark und Schwach, Freund und Feind.

Im Nachhinein bezeichnete Jan die Zeit beim Bund in Hamburg immer wieder als den größten Fehler seines Lebens. Ihm war schon klar, dass in einer durch strenge Hierarchie geprägten Situation jede Diskussion vergebene Liebesmüh ist. Wie bitte sollte er auch einem Waffen liebenden Sadisten mit Argumenten beeindrucken? Außerdem wusste doch die ganze Kaserne, dass der Spieß bei seiner Braut unter dem Pantoffel stand. Ein Gespräch auf Augenhöhe oder sogar eine Männerfreundschaft verbot sich von selbst.

Mit Diskussionen war solchen Figuren nicht beizukommen. Aus Erfahrung wussten letztere nämlich, dass sie einem durchschnittlich intelligenten Menschen argumentativ nicht gewachsen waren. Zwar schätzte Jan den Anteil durchschnittlich intelligenter Menschen bei der Bundeswehr nicht besonders hoch ein, doch es gab immer wieder Ausnahmen. Also diskutierte ein Offizier aus Prinzip nicht.

Und wenn er schon die Freundschaft seiner Unter-
gebenen nicht gewinnen konnte, so doch wenigstens
ihren Gehorsam. Dazu war jedes Mittel recht, zur Not
auch brutale Knechtung. Denn schließlich diente die
Bundeswehr einem übergeordneten Zweck: der Vertei-
digung der demokratischen Freiheiten.

Nun besteht der Bund aus mehr als nur einer Be-
fehlsebene. Kompaniechef Müller war aus ganz anderem Holz geschnitzt als sein sadistischer Spieß. Leider
taugte er für seinen Job überhaupt nicht, weshalb er
trotz Majorsranges nur eine einfache Kompanie leitete.
Seit seine Frau ihn verlassen hatte, kannte er nur noch
eine große Liebe, und das waren nicht die 170 Fuß-
kranken, für die er die Verantwortung trug. Peter
Müller verbrachte seine gesamte Freizeit und auch den
größten Teil seiner Arbeitszeit mit dem Bau eines
Segelbootes. Solange ihm die Fernmelder von ihren
Ausflügen in den Teutoburger Wald das Holz zum Bau
seiner Jacht mitbrachten, war seine Welt in Ordnung.

Da der Chef in der Regel nicht gestört werden wollte, führten andere an seiner Stelle das Kommando in
der Kaserne. Eben Personen wie der Spieß, die nichts
zu sagen hatten, aber gerne etwas zu sagen hätten. Jan
war erfahren im „social suvivaltraining", aber dies war
nicht seine kleine Heimatstadt, dies war eine Bundes-
wehrkaserne. Dienstränge waren wichtig, aber wer

hier überleben wollte, musste außer der formalen Befehlshierarchie auch die internen Funktionsmechanismen der Kaserne kennen. Zur Befriedigung seiner alltäglichen Bedürfnisse musste der Soldat Regeln befolgen, die mit Dienstgraden nicht viel zu tun hatten.

Zu den einflussreichsten Personen gehörten der Schirrmeister, Herr und Gebieter über die Autos der Einheit. Wer von ihm einen Fahrbefehl bekam, durfte die Kaserne verlassen und war so vorübergehend dem Einfluss des Spießes entzogen. Außerdem war da noch Dr. Kleinert, dessen Krankschreibungen von Fußmärschen bei Schnee oder Regen befreien konnten.

Angesichts diverser Möglichkeiten, sich den Aufenthalt beim Bund zu versüßen, schied sich die Masse der Soldaten in zwei große Lager. Da waren die wenigen Cleveren, die sich zu arrangieren wussten, und der Rest bestehend aus Zeitsoldaten und anderen hoffnungslosen Fällen. Letztere hatten nicht den Mut, um Gesetze zu übertreten, nicht das Geschick, um die Gunst der Stunde zu erkennen, und waren überhaupt zu angepasst, um es in ihrem Leben zu mehr als zu einem Befehlsempfänger zu bringen. Die meisten von ihnen tranken als Jugendliche nur am Wochenende mal ein Bier und waren nach ihrer Zeit beim Bund Alkoholiker.

Wenn Jan nicht wegen Befehlsverweigerung im Gefängnis saß, schob er Wachen. Erst absolvierte er seine eigenen Wachdienste und dann übernahm er die seiner Kameraden. Letztere waren nach Abschluss der Grundausbildung so geil darauf, zu Muttern zu fahren, dass sie Jan wahrscheinlich jeden Preis für die Übernahme des Wochenenddienstes gezahlt hätten. Gleichzeitig erlangte Jan durch das Übernehmen von Wachen gegen Bezahlung einen besonderen Status unter den Soldaten. Außerdem hatte er so immer ausreichend Geld für Zigaretten, denn hier konnte er ja nicht den Hund von Oma Penske ausführen. Letzterer war übrigens mittlerweile an Atemnot gestorben.

In seiner Freizeit beim Bund saß er oft zusammen mit Fred und Moritz. Alle drei wollten nicht beim Bund zu Alkoholikern werden und unterschieden sich schon dadurch von der Masse der Soldaten. Fred war Assistent des Stabsarztes und so kamen die drei in den Genuss verschiedener alternativer Drogen. Moritz hatte einen noch besseren Job, denn er war auf der Schreibstube tätig. Dort wurden auch die Fahrdienste eingeteilt, was speziell für Arbeiten außerhalb der Kaserne interessant war. Jan entschied, dass es Zeit war, auch mal etwas anderes als nur die Gefängniszelle der Kaserne zu sehen. Dank Moritz' Unterstützung durfte er Hamburg bei Tag und vor allem bei Nacht kennenlernen. Als Beifahrer bei Kurierdiensten lernte Jan die Stadt von der Elbe bis zur Alster kennen.

Ein weiterer Umstand machte Jan die Wehrzeit zu einem prägenden Erlebnis. Es waren dies die ungeheuren Mengen an Gütern, die hier bewegt wurden, und die Art, wie mit ihnen umgegangen wurde. Es war egal, ob es sich um Medikamente oder Dieselöl handelte, hier gab es alles in allen gewünschten Mengen weit unter dem Weltmarktpreis. Aus genau diesem Grund war es nicht etwa der Major, der den größten Wagen in der Kaserne fuhr, sondern der Koch. Was der Küchenbulle beim Einkauf der Lebensmittel durch Provisionen der Händler nicht einstecken konnte, das verdiente er sich bei ihrem Weiterverkauf außerhalb der Kaserne. Jan hatte auch so genug Geld für Zigaretten und blieb lieber auf Distanz zum Koch. Zu seinen beiden Freunden dagegen hielt der Kontakt auch nach der Zeit beim Bund, schließlich hatten sie ihm mehr als einmal den Arsch gerettet.

Mittwoch, der 12. Mai, 12 Uhr 40, Parkbank

Wieder auf der Parkbank angekommen überlegte Jan, dass, wenn er einen Lebenslauf schreiben würde, er dann unter der Rubrik Berufserfahrung sogar harte körperliche Arbeit anführen könnte. Und zwar hatte er es mal bei der Müllabfuhr versucht. Hier war das Aufstehen kein Problem, denn der Müllwagen begann seine Tour bereits vor Mitternacht, und da war Jan noch gar nicht im Bett. Allerdings waren die Mülleimer zu schwer für ihn, weshalb ihn die Kollegen davon überzeugten, das Arbeitsverhältnis zu kündigen.

„Sach mal, Dieter, du hast doch mal 'nen Lebenslauf geschrieben, als du dich bei der Stadt beworben hattest?"

„Jou."

„Ob ich mir den mal leihen könnte, so als Anregung für meinen eigenen?"

„Geht klar. Komm nachher mal vorbei, wenn ich den Kiosk dicht gemacht hab'!"

Gesamtwirtschaftliche Verhältnisse

Jans Familie akzeptierte ihn gezwungenermaßen so, wie er war, sei es als Arbeitsloser oder als Chaot. Die meisten Nachbarn belächelten ihn und nahmen ihn nicht ganz ernst. Andererseits sahen sie in seiner Arbeitslosigkeit aber auch kein besonderes Problem. Im Gegenteil: Je mehr Arbeitslose es im Zuge der Wirtschaftskrise in seiner Straße gab, desto mehr Menschen in derselben Situation gab es ja.

Nun war es nicht etwa so, dass von Seiten der anderen Arbeitslosen so etwas wie Solidarität zu spüren war. Ganz im Gegenteil, während jeder normale Arbeitslose ein unschuldiges Opfer der gegenwärtigen wirtschaftlichen Situation war, hatte Jan hatte nie längere Zeit an einem Stück gearbeitet. In den Augen der anderen Arbeitslosen hatte Jan die Bezeichnung „Arbeitsloser" daher gar nicht verdient. Erschwerend kam hinzu, und das war der eigentliche Unterschied, dass Jan in der Vergangenheit gar nicht behauptet hatte, eine Arbeit zu suchen. Weder beschwerte er sich über die Krise noch schimpfte er auf Politiker oder die Jobvermittlung. Es schien, als sei er mit seinem Schicksal zufrieden, was ihn deutlich von allen anderen Arbeitslosen in der Nachbarschaft unterschied. Die derzeitige Wirtschaftskrise machte sich für Jan nur in einem anderen Punkt positiv bemerkbar. Seit über zehn Jahren behauptete er immer wieder gebetsmühlenartig:

„Ich finde einfach keine passende Arbeit."

Obwohl Jan schon seit Jahren keine Arbeit mehr suchte, benutzte er immer wieder diesen einen Satz, wenn es die Situation erforderte. Im Gegensatz zu früher allerdings war derselbe seit Jahren monoton wiederholte Satz auf einmal glaubwürdig.

Mittwoch, der 12. Mai, 14 Uhr, Wohnung

„So, dann wollen wir mal.“

Jan saß vor seinem Computer. Zu seiner Linken hatte er den *Curriculum Vitae* von Dieter und ein Muster aus dem Internet plaziert. Der Bildschirm zeigte einen halbfertigen Lebenslauf, in dem schon die persönlichen Daten und die Schulbildung eingetragen waren. Der nächste Punkt hieß *Berufserfahrung*.

Am längsten hatte er seine Stelle als Küchenhilfe im Altersheim ausgeübt. Das war eigentlich kein schlechter Job, denn Jan hier konnte seine Kreativität einbringen. Auch die Arbeitszeiten waren in Ordnung und es gab jede Menge zu essen. Zwischen den Mahlzeiten setzte er sich zu den Alten auf die Bank vor der Tür, sonnte sich oder rauchte sich eine. Leider hatte er eines Tages die dumme Idee, den Speiseplan durch eine eigene Kreation zu bereichern. Nachdem alle Altersheimbewohner, die sein mexikanisches *Chili con Carne* probiert hatten, an Durchfall erkrankt waren, fand auch dieses Arbeitsverhältnis ein plötzliches aber nicht völlig unerwartetes Ende. Nein, so etwas schrieb er vielleicht besser nicht in den Lebenslauf.

Die Erinnerungen an seine beruflichen Rückschläge blockierten Jan. So wie es aussah, schlug ja alles fehl, was er anpackte. Nichts wollte ihm gelingen. Wenn er seinen eigenen beruflichen Werdegang mit dem von anderen Leuten verglich, wurde ihm ganz anders. In solchen Momenten wurde er trübsinnig. Es stimmt schon: Einige haben es echt leichter in unserer Gesellschaft. Dazu gehören die, die die Spielregeln festlegen: die Herren Politiker.

Orientierungshilfen in unserer Gesellschaft II: Politik

Die repräsentative Demokratie ist zweifellos die beste Regierungsform. In ihr vertreten Repräsentanten in den Parlamenten bestimmte Interessen und werden zu diesem Zweck von wahlberechtigten Bürgern gewählt. So weit die Theorie. Jan dagegen hatte auch zu diesem Punkt seine ganz eigene Sicht der Dinge. Er war der festen Überzeugung, dass Politiker in der Mediendemokratie nicht konkrete Ideen vertraten, sondern einfach nur versuchten, sich gut zu verkaufen, um möglichst populär zu werden. Dabei entwickelten sie einen extrem hohen Grad an Flexibilität und einen weniger hohen an Erinnerungsvermögen, zumindest, was die eigenen Aussagen anging.

Jans gestand Politikern eine ähnlich hohe Glaubwürdigkeit wie der Fernsehwerbung zu. Wenn also ein

Politiker behauptete, dass die Renten sicher seien, so könnte auch das Gegenteil der Fall sein. Argumentierte er dagegen, dass die Atomkraft die Energie von morgen sei, so war diese Aussage an das Ausbleiben von Störfällen in Kernkraftwerken gebunden. Schließlich war unser Politiker auch nur so lange ein lautstarker Gegner der Todesstrafe, bis ein aus dem Gefängnis entlassener Pädophiler ein Sexualverbrechen beging.

Jans Meinung nach werden Machtentscheidungen im Zeitalter des Neoliberalismus auf der Grundlage von wirtschaftlichen Zwängen getroffen. Diese sind aber für alle Parteien gleich, weshalb gefühlte 90% der Entscheidungen im Bundestag über alle Parteigrenzen hinweg praktisch einstimmig gefällt werden. Wenn einen Politiker doch einmal Zweifel plagten, dann gab es immer noch einen Lobbyisten, der es verstand, ihn bei einem gemeinsamen Abendessen aufzumuntern.

Mittwoch, der 12. Mai, 14 Uhr 2, Wohnung

Jan spürte, dass er nicht in der Stimmung war, einen Lebenslauf zu schreiben. Und da ihm gerade sowieso keine Traumjobs einfielen, auf die er sich hätte bewerben können, brauchte er erst mal eine Pause. Nachdem er sein Lieblingsbuch aus dem Regal genommen hatte, begab er sich wieder auf den Weg in den Park. Dort machte er es sich bequem und begann zu lesen:

„Das Rad an meines Vaters Mühle brauste und rauschte schon wieder recht lustig, der Schnee tröpfelte emsig vom Dache, die Sperlinge zwitscherten und tummelten sich dazwischen; ich saß auf der Türschwelle und wischte mir den Schlaf aus den Augen, mir war so recht wohl in dem warmen Sonnenscheine."

Romantik als Lebensprinzip

Das Buch stammte aus der Feder des Romantikers Joseph von Eichendorff und trug den Titel: *Aus dem Leben eines Taugenichts*. Jedes einzelne Wort sprach Jan aus der Seele. Stundenlang hatte er über die Funktion der Natur in Form der Schneeschmelze im Frühjahr auf die Regulierung der Arbeit über den Antrieb

des Wasserrades durch das Schmelzwasser philoso-
phiert. Er las sein Lieblingsbuch nicht nur, nein, er
liebte und er lebte es. Der *Taugenichts* inspirierte ihn
sogar so sehr, dass er Heirat als Mittel zur Beseitigung
materieller Engpässe nicht mehr kategorisch aus-
schloss. So sehr identifizierte er sich mit dem Protagonisten dieser Novelle, dass er dessen Charaktereigen-
schaften bei sich selbst zu erkennen glaubte: eine positive Lebenseinstellung, extreme Genügsamkeit, der
feste Wille mit seiner Umwelt in Einklang zu leben und
die Liebe zur Musik. Außerdem war ja *Taugenichts*
nichts anderes als ein antiquierter Begriff für *Faulpelz*.
Es war also ein Buch über ihn selbst. Würde jemand
das Buch neu herausgeben und aktualisieren, dann
hieße der Titel bestimmt *Jan der Faulpelz*.

Romantiker zu sein hatte für Jan den Beigeschmack
des Weltfremden verloren. Für ihn war Romantik eine
ganz praktische Lebenshilfe. Romantische Menschen
waren in dem Sinne frei, als sie über die Fähigkeit ver-
fügten, die Fesseln ihres monotonen Alltags abzulegen.
Im selben Maß, wie sie dabei gesellschaftliche Zwänge
negierten, schlug ihnen der Hass der frustrierten
Kleinbürger entgegen. In der Novelle übernahm diese
Rolle der Vater, der seinen eigenen Sohn aus dem
Familienbetrieb verwies. Solche Menschen waren leider alles andere als romantisch.

Mittwoch, der 12. Mai, 14 Uhr 30, Parkbank

„brrrrrrooooo"

Ein Geräusch ließ Jan aus der Lektüre hochfahren. Es klang wie ein 30 t-LKW. Jan war so vertieft in sein Lieblingsbuch, dass er sein Hungergefühl gar nicht bemerkt hatte. Nun wurde es aber Zeit nach Hause zu gehen, sonst würde er wieder zu spät zum Mittagessen kommen. Sein rechtes Bein war eingeschlafen und das erinnerte ihn an eine weitere Episode seines Berufslebens. Als Briefträger hatte er sich Blasen an beiden Füßen gelaufen, die ihm das Austragen der Briefe unmöglich machten. Einen Wagen konnte ihm sein Chef nicht zur Verfügung stellen, denn Jan hatte keinen Führerschein. Mit dem Fahrrad konnte er die Briefe und Pakete auch nicht zustellen, weil die Bergstraße zu seinem Bezirk gehörte. Diese Straße hatte eine derart mörderische Steigung, dass selbst Lance Armstrong vor ihr kapituliert hätte. Wie andere Briefträger die Bergstraße schafften, war ihm einfach unbegreiflich.

Alle Versuche in der Arbeitswelt unterzukommen waren fehlgeschlagen: im Supermarkt bei Herrn Spiros, als Küchenhilfe im Altersheim, als Müllmann und als Briefträger. Schließlich war Jan im Heer der

Arbeitslosen und Hartz-IV-Empfänger gestrandet. Bis er wusste, was er werden wollte, musste es eben ohne Arbeit klappen. So wurde Jan gezwungenermaßen Überlebenskünstler.

Der Taugenichts aus seiner Lektüre hatte da mehr Glück. Am Ende heiratete er eine wohlhabende Frau, und damit hatten sich alle finanziellen Probleme von selbst erledigt. Aber, geht denn heute so etwas noch? Kann so etwas denn eigentlich gutgehen? Jan hatte es im zarten Alter von 26 Jahren noch nicht einmal zu einer Freundin gebracht und gerade dachte er ans Heiraten! War das Alles vielleicht nur die Auswirkung eines Schwächeanfalls, weil er doch heute noch nichts gegessen hatte? Nein, es war etwas ganz anderes: Er, der Philosoph und Lebenskünstler, der allen Leuten Ratschläge gab und zu jeder Frage eine Antwort parat hatte, steckte in einer Sinnkrise!

Ein dreiseitiges Paradoxon

Erstaunlicherweise waren Jans Freunde und Bekannte nicht arbeitslos. Die einen waren zufriedener mit ihrem Job als die anderen, aber alle waren sie beruflich erfolgreicher als er. Dieter meckerte am meisten über seine Tätigkeit im Kiosk, was erstaunlich ist, denn außerhalb der Schulpausen hatte er so gut wie nichts zu tun. Wenn Jan nicht bei Dieter im Park abhing, war er meist mit Tom und Paul zusammen.

Tom war Automechaniker. Sein Vater hatte eine Werkstatt, die Tom später einmal übernehmen sollte. In der Werkstatt wurde je nach Auftragslage gearbeitet, meistens aber war nicht viel los. Zum Teil lag das daran, dass immer mehr Autos nur noch in Vertragswerkstätten repariert werden konnten. Zum Teil lag das aber auch an Tom. Er fühlte sich zu Höherem berufen als alte Blechkarossen durch den TÜV zu bringen. Dadurch ließ er es gelegentlich an der notwendigen Konzentration bei der Ausübung seines Berufes mangeln. So wie neulich, als er einen 3er BMW auf der Hebebühne nach oben fuhr, und erst zu spät bemerkte, dass die Beifahrertür noch offen stand. Sie war deutlich schwächer konstruiert als das Schrägdach der Werkstatt.

Paul war seines Zeichens Bademeister. Im Winter arbeitete er im Hallenbad und im Sommer im Freibad. Ja, er benutzte in diesem Zusammenhang den Begriff Arbeit, denn, so Paul, kam er während seiner Arbeitszeit ins Schwitzen. Tom und Jan dagegen behaupteten, dies läge vor allem an den kurzen Bikinis der Teenager. Jedenfalls war Paul der Frauenheld unter den drei Freunden. Leider hielten seine Eroberungen in der Regel nicht lange, und so war er die meiste Zeit so solo wie Tom und Jan.

Eigentlich waren die drei so unterschiedlich, wie sie nur sein konnten: Ein Frauenheld, der sich nichts sehnlicher wünschte als eine feste Beziehung, aber gerade das nicht auf die Reihe bekam, ein Mechaniker, der rechts und links nicht unterscheiden konnte und in der Folge ständig kaputt machte, was er eigentlich reparieren sollte, und ein Berater für alle Lebenslagen, der für sich selbst keinen Rat wusste. Das Paradoxon bestand darin, dass alle drei zufrieden waren, obwohl dies doch angesichts der Tatsachen ein Ding der Unmöglichkeit schien.

Mittwoch, der 12. Mai, 14 Uhr 32, Wohnung

„Das ist aber schön, dass du heute mal pünktlich zum Essen kommst. Es gibt Kohlrouladen. Setz dich schon mal!"

Mit seinen 26 Jahren wohnte Jan noch bei seinen Eltern. Diese hatten längst eingesehen, dass Jan und Arbeit sich wie zwei entgegengesetzte Pole eines Magneten verhielten. Wo das eine war, konnte das andere nicht sein. Sie vermieden es, das Thema Arbeit auch nur zu erwähnen, was das Zusammenleben ungemein erleichterte, normalerweise jedenfalls. Heute aber lag etwas in der Luft, und damit meinte er nicht den Duft von Mutters Kohlrouladen: Zuerst Mutters liebevolle Begrüßung und dann Vattern, der hinter seiner Tageszeitung gute Laune versprühte. Da konnte doch etwas nicht stimmen. Aber noch bevor Jan von selbst drauf kam, schob ihm Vattern den Anzeigenteil herüber. Da stand es, rot umrandet:

Sie sind jung, haben Abitur, sind vielseitig interessiert und redegewandt, lesen gern und haben außerdem umfangreiche Computerkenntnisse.
Wir sind eine Gruppe von sechs spezialisierten Mitarbeitern, alles Teamplayer.
Zusammen sind wir das Reisebüro Fernweh, Holländersteig 3 (Altstadt). Tel.: 82510

Das kam jetzt etwas überraschend. Hatten die beiden etwa die Lebensläufe neben dem Computer liegen sehen? Na, egal. Interessant an der Anzeige war, dass dort nicht die Rede von langjähriger Berufserfahrung war. Genau betrachtet war sie genau auf Jan zugeschnitten. Er überlegte:

1 Die Arbeit im Reisebüro war weder gefährlich noch mit übermäßiger körperlicher Anstrengung verbunden.

2 Führerschein und Auto waren für die Ausübung dieser Tätigkeit nicht erforderlich, und bis zum Holländersteig waren es ohnehin nur 10 Minuten zu Fuß.

3 Auch waren dem Arbeitgeber formale Kriterien wie Ausbildung und Zeugnisse offensichtlich weniger wichtig als tatsächliche Kenntnisse und Teamarbeit.

4 Die Fachkenntnisse der einzelnen Mitarbeiter und die Zusammenarbeit als Team sprachen eher für einen lockeren Umgang und gegen eine strikte Hierarchie.

5 Ein ausdrücklich vielseitig interessierter Mitarbeiter wurde gesucht, was Rückschlüsse auf die Art der Arbeit zuließ. So wie es aussah, sollte sich auch der neue Mitarbeiter durch seine Kompetenzen in einem Spezialgebiet einen eigenen Verantwortungsbereich schaffen.

6 Wenn Jan das richtig sah, dann konnte er durch die Arbeit im Reisebüro bestimmt eine Menge lernen, was den Job interessant machen würde.

Die Zeitung zitterte, wie vor zwei Jahren, als Sankt Pauli Bayern mit 2 zu 1 abserviert hatte. Da stimmte doch etwas nicht. Wo war der Haken? Die Arbeitszeiten waren garantiert menschenunwürdig. Das legt ja schon ihr Name nahe. Obwohl, vielleicht konnte er ja zumindest die Informatik in gleitender Arbeitszeit erledigen und so erst nachmittags anfangen. Die meisten Geschäfte in der kleinen Fußgängerzone öffneten sowieso nicht vor 10 Uhr. Möglicherweise war das alles machbar.

Sinnstiftender als seine vorherigen Tätigkeiten war die im Reisebüro ja nun auch nicht. Aber wer heute eine Stelle sucht, muss auch Kompromisse eingehen können. Mit seinem Gewissen könnte Jan es durchaus vereinbaren, Leute in den Urlaub zu schicken. Vielleicht war es sogar ganz lustig, die Nachbarn unserer Kleinstadt nach Urlaubszielen zu kategorisieren.

Das alles klang viel zu schön, um wahr zu sein. Normalerweise wurde Jan bei Vorstellungsgesprächen doch gerade wegen der Eigenschaften, die hier verlangt wurden, aus dem Kreis der Bewerber entfernt. Mal war er zu vorlaut, konnte in den entschendenden Momenten seine Klappe nicht halten. Mal war er nicht unterwürfig genug, so dass er sich nicht in die Betriebshierarchie einfügen konnte. Wenn er aber trotzdem mal einen Job bekam, dann war es in den meisten

Fällen schlicht tödliche Monotonie, die ihn dazu brachte entweder selbst zu kündigen oder eine Dummheit zu
begehen, die dann zum selben Ergebnis führte.

Sollte es sich bei dieser Stellenanzeige etwa um
einen Scherz seiner Eltern anlässlich Jans fünfjähriger
Arbeitslosigkeit handeln? Hatten sie diese Anzeige gar
selber aufgegeben? Nein, dazu war die Anzeige einfach
zu gut gemacht. Das hätten die zwei allein nicht fertig-
gebracht. Jetzt zitterte die Zeitung schon recht heftig.

*„Junge, du musst dich ja nicht sofort entscheiden.
Lass uns erst mal in Ruhe essen und dann kannst du
es dir ja nochmal durch den Kopf gehen lassen!"*

Die Symbiose von Leben und Arbeit im Wandel der Zeiten

Die Familie im klassischen Sinn gibt es heute nicht
mehr. Wie die meisten Dinge unterlag auch das Kon-
zept, das die Gesellschaft von der Familie hatte, dem
Wandel der Zeiten. In der bäuerlichen Gesellschaft des
Mittelalters war die Familie Wirtschafts- und Lebens-
gemeinschaft in einem. Arbeiten und Leben war iden-
tisch. So etwas wie Arbeitszeiten gab es deshalb nicht,
weil man ja auch nicht eine Zeit lang aufhören konnte
zu leben. Hätte jemand vor 500 Jahren den Begriff
Freizeit erwähnt, dann hätte er seine Zuhörer damit

sehr wahrscheinlich vor eine nicht zu überwindende intellektuelle Herausforderung gestellt.

Familie und Arbeitsplatz waren auch eins. Der typische Betrieb in der Zeit vor der Industrialisierung war weder die AG noch die GmbH, sondern das traditionsreiche Familienunternehmen. Außerdem war die Gesellschaft hierarchisch organisiert und der größte Teil ihrer Mitglieder nicht wirklich mobil.

Wenn eine Magd auf den Hof kam, wurde sie Familienmitglied. Für ihre Arbeit bekam sie in erster Linie Essen und Unterkunft, eben eine Familie. Erst in zweiter Linie wurde die Magd auch durch Geld entlohnt. Oft kam es nicht zur Auszahlung, bevor sie den Hof wieder verließ. Eine vorzeitige Auszahlung konnte dann notwendig werden, wenn sie durch einen neuen Arbeitsvertrag oder Heirat eine neue Familie gefunden hatte.

Man stelle sich nur mal vor, dass ein Chef heute von seinem Angestellten verlange, er solle sich mehr mit dem Unternehmen identifizieren und nicht nur für Geld arbeiten, er möge bitte auch seinen Urlaub vergessen und Tag und Nacht für die Firma zur Verfügung stehen. Derartige Forderungen beendeten doch zwangsläufig den sozialen Frieden und führten zum Bürgerkrieg!

Heute will ja keiner mehr Bauer sein. Viele wollen auch gar nicht auf dem Land wohnen. Auf den Höfen riecht es so streng und da ist ja auch nichts los. Heute ist *Bauer sucht Frau* ein so aussichtsloses Unternehmen wie *Wer wird Millionär?;* wenn es doch mal klappt, dann kommst du damit ins Fernsehen. Dabei beruht unsere Abneigung gegen das Landleben nur auf einer unbewussten Angst. Die Erklärung dafür ist recht einfach. Im Zuge der Industrialisierung wurde die Einheit von Arbeit und Leben aufgebrochen. Aus der Groß- wurde die Kleinfamilie, woraus die Anforderungen des flexiblen Arbeitsmarktes mittlerweile den Single formten. Wer heute noch ein Kind hat, darf sich getrost als kinderreiche Familie bezeichnen, selbst wenn sie alleinerziehend und deshalb arbeitslos ist.

Das Gegenteil liegt im Fall der Bauernfamilie vor, wo meist mehrere Generationen als Mitglieder desselben Familienbetriebes unter einem Dach wohnen. Das stellt heute einen klaren Anachronismus dar. Diesem von der Norm abweichenden Extrem begegnen wir daher entweder mit romantischer Verklärung oder direkter Ablehnung.

Mittwoch, der 12. Mai, 15 Uhr 15, Wohnung

Aus der Kaffeetasse neben dem Computer dampfte es, während Jans Zeigefinger in die Tastatur hämmerten. Das war Musik in den Ohren von Muttern und Vattern. Die beiden grinsten um die Wette und waren so glücklich wie schon lange nicht mehr. Dass der Junge eine hohe Meinung von der Familie hatte, war ja aller Ehren wert, aber mit 26 Jahren reichte es langsam.

Der Kopf rauchte ihm, aber nachdem er den Punkt Berufserfahrung in tabellarischer Form zu Ende gebracht hatte, sah er bereits Licht am Ende des Tunnels. Schön war sein Lebenslauf nicht, aber wenigstens eine Seite umfangreicher als der von Dieter. Schon klar, dass letzterer mit fünfzehn Zeilen im doppelten Abstand nie eine Anstellung gefunden hatte und sich notgedrungen selbständig machen musste. Glück muss man haben, und Dieter hatte Glück gehabt. Dieses glorreiche Beispiel trieb Jan zu neuen Höchstleistungen an.

„Mamahassenochngroßndinavierumschlag?"

In der Küche flossen leise Freudentränen.

Der Ton macht die Musik

Außer ihrer gemeinsamen Grundeinstellung zum täglichen Broterwerb verband Jan, Tom und Paul ihr Hobby: die Musik. Sie konnten stundenlang CDs hören, ohne dass ihnen dabei langweilig wurde. Dabei vergaßen die einen den Stress von der Arbeit und der andere den vom Nichtstun. Ihre Favoriten waren die *Toten Hosen* und die *Ärzte*. Auf Englisch hörten sie die *Sex Pistols* und die *Dead Kennedys*.

Im Grunde war es den drei Freunden schon immer klar: Ihre Zukunft lag in der Musik. Jan hatte es auch schon mal mit Solokonzerten in der Fußgängerzone probiert, doch überstiegen die Ordnungsstrafen regelmäßig die Einnahmen. Aber wenn sie erst ihre eigene CD produziert hätten, dann stünde ihnen auch der Weg in die Konzertsäle frei. Das Problem bei der CD-Produktion war nur, dass außer Jan keiner der drei ein Instrument spielte. Aber Musik machen konnten sie schließlich lernen. Tom kaufte sich ein gebrauchtes Schlagzeug und für Paul fanden sie einen Elektrobass auf dem Flohmarkt. Als Übungsraum und Tonstudio diente eine Garage neben Toms Werkstatt. Zusammen komponierten sie die Musik. Es waren einfache Melodien und langsame Rhythmen. Zum Teil produzierten sie „Garagenrock unplugged", weil das ihrer Philosophie entsprach, zum Teil aber auch, weil Tom und Paul ihre Instrumente erst noch lernen mussten und deshalb keinen schnellen Punk auf die Reihe brachten. Die Liedtexte handelten von Themen, die sie wirklich interessierten: Gewalt, Sex und das Fernsehprogramm. Ihre Zielgruppe waren Menschen wie sie: einfache Leute im Kampf ums tägliche Überleben.

Bereits nach einigen Monaten hatten sie ihren ersten öffentlichen Auftritt. Im Jugendzentrum spielte eine Band, und sie sollten die Vorgruppe sein. Der Erfolg war eher weniger umwerfend, aber wenigstens konnten sie noch ihre Instrumente retten. Keiner dachte ans Aufhören, denn aus der Biografie von Rokko Schamoni wussten sie, dass anfängliche Rückschläge zur Karriere eines Rockstars einfach dazugehörten. Doch solange sie ihren ersten Plattenvertrag noch nicht unterschrieben hatten, mussten sie auch weiterhin ihrer täglichen Beschäftigung nachgehen.

Im Laufe der Monate verbesserten die drei ihr musikalisches Können. Immer mehr Lieder wurden komponiert und auf Kassette aufgenommen. Den Höhepunkt ihres Schaffens bildete der Song *Ich liebe dich*. Er war später sogar mal im Lokalradio zu hören.

Schichtarbeiter: Ich liebe dich

An der Werkbank schlägt der Hammer,
doch der Gehaltsscheck ist ein Jammer.
Wie soll ich nur die Miete zahlen?
Mein Konto strotzt vor roten Zahlen.
Arbeitslose gibt's Millionen.
Für wen soll sich Maloche lohnen?
Mein lieber Chef, jetzt spüre ich:
Ich liebe dich ganz fürchterlich.

Und jetzt bin ich Hartz-IV-Empfänger,
doch ich ducke mich nicht länger.
In meinem Leben kam die Wendung
während der Nachrichtensendung.
Banken werden vom Staat gestützt,
was mir leider gar nichts nützt.
Liebe Regierung, das weiß ich:
Ich liebe dich ganz fürchterlich.

Als Arbeitsloser muss ich leben.
Kann 's für mich 'ne Zukunft geben?
Die Nachbarn gucken mich scheel an:
Ob man ohne Arbeit leben kann?
Ich weiger mich zu resignieren!
Wollt ihr das denn nicht kapieren?
Nur meine Freundin glaubt an mich:
Dafür lieb' ich dich fürchterlich.

Mittwoch, der 12. Mai, 17 Uhr 30, Reisebüro Fernweh

„Wenn ich Ihnen die Wahrheit sagen soll, dann ist Ihr Lebenslauf nicht gerade berauschend. Sie haben ja in keinem Unternehmen länger als drei Monate durchgehalten. Das stellt natürlich ein gewisses Risiko für uns dar. Das verstehen Sie doch?"

„Deshalb haben Sie ja auch eine sechsmonatige Bewährungszeit in Ihren Arbeitsverträgen festgeschrieben. Das Risiko ist kalkulierbar. Trotzdem haben Sie Recht. Mein Lebenslauf gehört nicht zu den Besten. Mir ist auch klar, dass ich ohne Vorstellungsgespräch keine Chance gehabt hätte. Deshalb möchte ich Ihnen ja danken, dass Sie mich ohne viel Aufhebens gleich empfangen haben."

„Und Sie besitzen wirklich die erforderlichen Informatikkenntnisse?"

„Drei Jahre lang war ich im Chaos Computerclub aktiv, bis die Nachforschungen der Hamburger Polizei das Arbeiten immer schwieriger machten."

„Verständlich, dass Sie über diese Tätigkeit kein Arbeitszeugnis vorlegen können."

„Soll ich Ihnen mein polizeiliches Führungszeugnis nachreichen?"

„Ist schon gut, ich denke, wir probieren es mal.
Reden können Sie ja wie ein Wasserfall, Sie werden
bestimmt noch ein guter Verkäufer. Und wenn Sie
nur halb so gut mit dem Computer umgehen können,
wie Sie sagen, dann übernehmen Sie nächstes Jahr
die Buchführung unseres Reisebüros."

Deutsche Tugenden, Teil 1

Sauberkeit, Pünktlichkeit und Fleiß sind deutsche
Tugenden, die uns Ausländer gerne zusprechen. Wenn
Sie diese Lektüre beendet haben, werden Sie das viel-
leicht anders sehen, denn schließlich sind es ja gerade
Eigenschaften, die auf unseren Protagonisten nur be-
dingt zutreffen.

Wie kam der Deutsche eigentlich zu derartigen Eigenschaften? Das muss noch aus der Zeit nach dem
letzten Krieg stammen, als Arbeit noch dazu diente, die
Schuldfrage aus dem Hirn zu verdrängen. Der Krieg
bringt nun mal keine Sieger hervor, sondern nur ganz
wenige Kriegsgewinnler und ein wahres Heer von
Opfern. Jan war Opfer in der zweiten Generation. Zwar
kannte er den Krieg nur aus Büchern und Dokumentar-
filmen, aber die Auswirkungen der unverarbeiteten Er-
lebnisse seiner Eltern betrafen ihn ganz direkt.

In der Bahnhofstraße wohnten einige ehemalige Nazis wie Franz Karon. Der Fall der Hertha Marx lag anders. Sie war keine ehemalige Nationalsozialistin, denn sie hatte ihre Einstellung seit ihrer Zeit beim Bund deutscher Mädel nicht geändert. Damit repräsentierten die beiden das Gros ihrer Generation in unserer Kleinstadt, denn Widerstandskämpfer gab es zumindest in unserer Straße nicht. Beide sprachen nie über ihre Kriegserlebnisse, obwohl es ihnen ein Leichtes gewesen wäre, ihr zartes Alter zur Zeit der faschistischen Diktatur als eigentliche Ursache für ihr Schweigen im Angesicht des Unrechts anzuführen.

Es war die Sprachlosigkeit einer ganzen Generation, die das deutsche Wirtschaftswunder hervorbrachte. Wer Schrecken und Schuld nicht anders verarbeiten konnte, den machte Arbeit auch unter Adenauer frei. Arbeit brachte in der Nachkriegszeit die Butter aufs Brot. Aber Arbeit half auch zu verdrängen und zu vergessen. Arbeit um ihrer selbst Willen machte damals Sinn. Und das war es, was die Leute in der Zeit der Offenbarung durch die Besatzer suchten, einen Sinn.

Die Generation der Nachkriegsjahre arbeitete bis zum Umfallen, von Sonnenauf- bis -untergang. Dadurch wurde die Zeit gleichsam um mehrere hundert Jahre zurückgedreht, denn Arbeit und Leben waren wieder eins. Familienunternehmen gab es wieder wie Sand am

Meer. Die meisten gingen sehr schnell wieder ein, denn Fleiß allein reichte in der Mehrzahl der Fälle zum Geschäftserfolg nicht aus.

Viele Familienunternehmen verwaisten jedoch erst eine Generation später, denn wer konnte auch das Arbeitstier an der Spitze nach seinem ersten Herzinfarkt ersetzen? Tausende deutscher mittelständischer Unternehmen gingen in den ersten Jahrzehnten der Bundesrepublik ein, weil der Firmengründer zu alt wurde, um die Firma auch weiterhin selbst zu führen, er aber gleichzeitig keinen Nachfolger akzeptieren wollte. Ein Stück weit war das ja auch verständlich, denn niemand arbeitete so viel wie er. Niemand kannte das Geschäft so gut wie er. Niemand war würdig, sein Nachfolger zu werden. - Wären Redegewandtheit oder wenigstens doch Diskussionsfreude deutsche Tugenden, dann hätte man nochmal drüber reden können.

Mittwoch, der 12. Mai, 20 Uhr, Wohnung

„Dass ich das noch erleben darf!"

In der Küche der Bahnhofstraße 36 waren die leisen Freudentränen wahren -fontänen gewichen. Selbst Vattern hatte feuchte Augen. Wahrscheinlich plante er schon den Umbau von Jans Zimmer zu einem Hobbyraum, in dem er nicht nur seine Modelleisenbahn aufbauen könnte, sondern auch einen Zweitfernseher - nur für Fußball.

Deutsche Tugenden, Teil 2

Wer mal über den Arenal auf Mallorca flaniert ist, erhält ein bestimmtes Bild des Deutschen. Dort nämlich ist der Deutsche die fleischgewordene Antwort auf Fragen wie: Ist Leben auf der Basis von Fertigpaella möglich? Warum nennen die Festlandspanier dieses Produkt eigentlich [p a´e ʎ a], wenn es doch auf Mallorca [m a´ʎ o ɾ k a] doch mehrheitlich [p a ɛ l a] ausgesprochen wird? Warum ist *Don Simon* der meistverkaufte Rotwein Spaniens? Kann ein Mensch gleichzeitig *Don Simon* pinkeln und Fertigpaella kotzen? Und: Wie blöd muss man eigentlich sein, um die Bilder davon auch noch zu veröffentlichen?

Der unbedarfte Leser wird nun beim Anblick dieser erschütternden Bilder möglicherweise Zweifel an den traditionellen deutschen Tugenden wie Fleiß, Pünktlichkeit und Sauberkeit bekommen. Das macht aber nichts. Nur zum Trost sei an dieser Stelle angemerkt, dass der Durchschnittsdeutsche wahrscheinlich gar nicht diesem Bild entspricht, sondern eher irgendwo zwischen den beiden Extremen des Faulpelzes einerseits und des Mallorcatouristen andererseits liegt. Außerdem ist dies ja alles nur Fiktion, und wen die Wahrheit interessiert, der soll doch mal im Reisebüro Fernweh vorbeischauen und eine Pauschalreise nach Mallorca buchen.

Samstag, der 15. Mai, 20 Uhr 5, Knopfmuseum

Dass Jan wider Erwarten eine Arbeit gefunden hatte, musste gefeiert werden. Tom und Paul waren immer bereit zu einem Besuch in ihrer Stammkneipe, dem *Knopfmuseum*, und wenn sie eingeladen wurden, ließen sie sich erst recht nicht zweimal bitten.

„Prost!

„Und was machst du da so im Reisebüro?"

Jan wusste es selbst nicht genau, aber das war jetzt auch egal. Das Leben hatte ihm noch eine Chance gegeben und er hatte zugegriffen. Wenn seine zukünftigen Arbeitskollegen wirklich so nett sein sollten, wie Jan sich das vorstellte, dann würde er diese Arbeit so schnell nicht wieder verlieren. Darauf tranken sie.

„Tach Paul. Möchtest du mich deinen Freunden nicht vorstellen?"

So etwas kam im *Knopfmuseum* eher selten vor. Nein, eigentlich hatte es so was hier noch nie gegeben. Wenn die drei Jungs in ihrer Stammkneipe angesprochen wurden, dann war das entweder ein Schnorrer mit Durst oder Lungenschmacht oder es war die Heilsarmee mit dem *Kriegsruf*. Sabine sah nicht aus wie eine Schnorrerin. Sie war für diese Art von Kneipe eindeutig overdressed: elegant gekleidet, geschminkt und mit Schmuck an den Händen, der eindeutig nicht aus dem Kaugummiautomaten stammte. Außerdem hatte sie auch keine Spendendose in der Hand.

Diese Frau sah einfach umwerfend aus, atemberaubend. Und genau diese Reaktion rief sie bei Jan und Tom hervor, ihnen stockte der Atem. Das Lächeln ihrer kirschroten Lippen entwaffnete Tom und Jan augenblicklich. Sie konnten den Blick nicht von ihr lassen, und es dauerte auch eine Weile, bis sie wieder aus ihrer Schreckstarre erwachten. Ganz langsam machten sie den Mund wieder zu und umklammerten hilfesuchend ihr Bierglas. Der Geldspielautomat untermalte den romantischen Moment mit einer einprägsamen Dreitonmelodie.

Paul sah alles andere als glücklich aus, und auch er war sprachlos, was sonst gar nicht seine Art war. Offensichtlich wollte er seinen verflossenen Schwarm trotz Aufforderung nicht vorstellen. Mit welchen Worten auch? Etwa: *„Fand mich nach zwei Wochen zu langweilig und hat mich sitzen lassen?"* Es gibt Situationen, da ist es eben besser zu schweigen.

„Tja, dann stell ich mich halt selbst vor. Ich bin die Sabine. Ist hier noch ein Platz für mich frei?"

Das Eis war gebrochen und der Smalltalk begann. Jan konnte sein Interesse an dieser Frau nur schlecht verbergen, doch um nicht alles schon in den ersten zehn Minuten zu versauen, bemühte er sich darum, sie zum Sprechen zu bringen, und übernahm selber die Rolle des interessierten Zuhörers. Sabine leitete die Rechtsabteilung in einem kleinen Büro hier im Ort. Vermutlich kam ihr selbstsicheres Auftreten da her. Sie liebte ihre Arbeit und hatte wenig Lust, in ihrer Freizeit darüber zu reden.

Das mit dem interessierten Zuhören war also nach einer Minute schon wieder vorbei. Paul blieb auch weiterhin stumm wie ein Fisch. Bevor Tom mit seinem Lieblingsthema begann und die Frau mit einem Vortrag über Motortuning in die Flucht schlug, war es besser, die Initiative zu ergreifen. Also lenkte Jan das Gespräch über Hobbys, den aktuellen Film im örtlichen Kino zum Konzert, das nächste Woche im Nachbarort stattfinden sollte: mongolischer Kehlkopfgesang. Alles war eben besser als Tuning!

Zwei Bier später war auch Paul wieder mit von der Partie und berichtete von einem indischen Restaurant, das am Marktplatz neu eröffnet hatte. Tom bekam Hunger. Den bekam er immer, sobald er entweder getrunken hatte oder vom Essen die Rede war. Beides war der Fall, weshalb es in dieser Situation auch nicht mit ein paar Erdnüssen getan war. Also wanderte das Quartett zum Imbiss an der Ecke und bestellte das Übliche:

„Viermal Currywurst mit Pommes und 'ner Pulle Bier."

Danach ging es ins *Catwalk*. Sabine bestand darauf, und die drei waren schon zu besoffen, um noch Widerstand zu leisten. Hier war das Bier besser, aber das Publikum für den Arsch. Plötzlich sah Sabine normal aus, dafür wurden unsere drei Freunde wie Außerirdische angeglotzt. Der Absturz war vorprogrammiert und das Erwachen bitter, so wie eigentlich immer, wenn Jan Alkohol, Nikotin und Gefühle mischte.

Der Sinn des Lebens

Die Frage nach dem Sinn des Lebens stellen sich wahrscheinlich eher die Leute, die gerade am Sinn des Lebens zweifeln. Dies könnte der Fall eines Managers sein, der den Pensionsfond seiner Firma in den Sand gesetzt hat und nun die Aussicht vom Fenstersims eines zwölfstöckigen Hochhauses genießt. Wer nicht schon vorher die Antwort weiß, sollte nicht unbedingt die Frage nach dem Sinn des Lebens stellen. Jan war vorbereitet, denn er hatte *Per Anhalter durch die Galaxis* gelesen. Außerdem war er ja Überlebenskünstler und verfügte darüber hinaus über eine durchweg positive Lebenseinstellung. Dies war eigentlich fast immer der Fall, außer er hatte am Vorabend zu viel geraucht und getrunken.

Nach einer durchzechten Nacht kam Jan einmal zu folgender Erkenntnis: Gegen Leere hilft Halt. Nur leider gibt es keine allgemein gültige Lösung für dieses Problem. In einer Welt, in der die Schwerkraft alles nach unten zieht, ist eine Halt gebende Instanz definitionsgemäß eine übergeordnete Instanz.

Nur ein beinharter Pessimist, würde Scheitern als Normalzustand ansehen. Nur für solche Leute wäre der freie Fall ins Verderben alltäglich und also die Schwerkraft die einzig regelnde göttliche Instanz. Alle anderen Individuen suchen dagegen nach oben Halt. Eine übergeordnete Instanz muss außerdem vom Individuum als solche akzeptiert werden. Sie kann also einem selbstbewussten und freien Menschen nicht verordnet werden. Ergo gibt es so viele Instanzen wie freie Individuen oder anders ausgedrückt: Ich male mir meinen Gott selbst.

Für Jan war Gott hübsch und roch gut. Gott war kein strafender Gott, außer man stand auf so was. Nein, sie war Partnerin und Freundin. Gott lachte nicht, Gott lächelte. Gott diskutierte auch gerne und zwar auf

Augenhöhe, obwohl ihr nicht immer mit logischen Argumenten beizukommen war. Sie war halt ein kleiner Dickkopf. Aber gerade das machte Gespräche mit ihr so interessant: Niemand wusste, wie sie ausgingen.

Sonntag, der 16. Mai, 13 Uhr 30, Wohnung

Es war dunkel im Zimmer. Ohrenbetäubender Lärm riss Jan aus dem Schlaf. Der Versuch, den Wecker auszuschalten, scheiterte kläglich. Knapp vorbei ist auch daneben. Jan hielt sich die schmerzende Hand, er hatte beim ersten Versuch die Nachttischkante erwischt. Jetzt war endlich Ruhe.

„Oh, Mann! Wieso hat der denn jetzt geklingelt?"

Auf dem Weg zur Dusche überkam ihn ein Hustenanfall. Der Auswurf im Waschbecken machte ihm mit einem Schlag deutlich: So ging es nicht mehr weiter. Etwas Grundsätzliches musste sich hier ändern, sonst war es mit ihm vorbei. Der Blick in den Spiegel trieb ihm die Tränen in die Augen. Warum musste er sich gestern auch nur so betrinken? Er konnte sich schlicht an nichts mehr erinnern. Seine Jeans lag neben dem Rest seiner auf dem Boden zerstreuten Kleidung. Alles war so zerknittert wie sein Gesicht.

Unter den gegebenen Umständen half nur eine Sitzung auf dem Platz, wo er nach seiner Lieblingsbank im Park am liebsten saß. Noch eine Dusche und die Welt war schon fast wieder in Ordnung. Auf der Suche nach dem Tabak fiel sein Blick auf den Wecker. Kopfschüttelnd verließ er das Schlafzimmer. Frühes Aufstehen war eben noch nie sein Ding gewesen.

Wo bist du?

Alle hätten Jan wahrscheinlich Recht gegeben: Nun begann ein neuer Abschnitt in seinem Leben. Ihm wurde langsam bewusst: Er hatte alles erreicht, was er sollte. Doch das war wieder einmal nicht das, was er wollte. Nun, da eine feste Arbeit nicht mehr dieselbe Wahrscheinlichkeit wie ein Lottogewinn hatte, verlor sie ihren Glanz. Auf einmal war sie keine blaue Blume und kein heiliger Gral mehr. Durch die Aussicht auf ein geregeltes Einkommen hatten sich seine Sorgen und Ängste nicht in Luft aufgelöst. Wer ein Leben lang auch ohne Geld zufrieden war, den konnte der schnöde Mammon so ohne Weiteres nicht verführen.

Der Kater war weg, aber die Leere blieb. Trotzdem spürte Jan, dass er an einer Wende stand. Etwas lag in der Luft. Etwa die Lösung aller seiner Probleme? Aber, wo bist du?

Montag, der 17. Mai, 10 Uhr 30, Reisebüro Fernweh

Ein breites Grinsen begrüßte Jan an der Eingangstür. Sonst war er ja nicht schwer von Begriff, doch hier brauchte er eine Sekunde und holte erstmal tief Luft.

„Tach Jan. Alles im Lot?"

„Äh, Sabine?"

„Ja, Mann. Jetzt komm erstmal rein. Ich stelle dir das Team vor."

Jan lief dem süßen Aprikosenduft ins Büro hinterher, wo bereits das restliche Team versammelt war. Alle Augen waren auf ihn gerichtet. In der Ecke stöhnte die Kaffeemaschine, sonst herrschte Schweigen. Jan folgte Sabines langen Beinen bis zu einem freien Drehstuhl.

„Also, Herr Münzer, ich komme mal gleich zur Sache. Von unseren Mitarbeitern erwarten wir auch außerhalb der Arbeitszeiten ein tadelloses Erscheinungsbild, schließlich repräsentieren Sie unser Unternehmen auch in Ihrer Freizeit. Am Sonntagmorgen haben Sie diesem Bild nicht ganz entsprochen. Gleich mehrere Kollegen haben Sie im Catwalk erkannt und außerdem wurde mir dieses Handyvideo gemailt."

Auf dem Monitor erschien eine kurze Bildsequenz. Sie zeigte Jan nackt im Rathausbrunnen, während er der Kamerafrau mit einer Flasche Bier zuprostete. Sein einziger Satz in der One-man-show lautete *„Komm endlich her, ich will dich ..."* , wobei das letzte Wort durch einen Piepton unkenntlich gemacht worden war.

„Angesichts der Sachlage haben wir uns entschlossen, die Stelle mit einem anderen Kandidaten zu besetzen. Normalerweise betreiben wir hier keine Vetternwirtschaft, aber der Verlobte von Frau Schmidt hat außerdem auch noch die besseren Referenzen. Sie sehen, Sie haben uns gar keine Wahl gelassen. Ich muss schon sagen, Sie haben uns regelrecht überrumpelt. Ich wünsche Ihnen noch einen schönen Tag!"

Ende